大家小书·悦读经典

当一代大家不再璀璨于世，阅读才是最好的纪念。

大家小书 | The Master Pieces

Grandpa's Garden

祖父的园子

萧红 著

北京理工大学出版社
BEIJING INSTITUTE OF TECHNOLOGY PRESS

图书在版编目（CIP）数据

祖父的园子 / 萧红著. —北京：北京理工大学出版社，2019.2

ISBN 978 - 7 - 5682 - 6559 - 1

Ⅰ.①祖…　Ⅱ.①萧…　Ⅲ.①中国文学－现代文学－作品综合集　Ⅳ.①I216.2

中国版本图书馆 CIP 数据核字（2018）第 296487 号

出版发行 / 北京理工大学出版社有限责任公司
社　　址 / 北京市海淀区中关村南大街 5 号
邮　　编 / 100081
电　　话 /（010）68914775（总编室）
（010）82562903（教材售后服务热线）
（010）68948351（其他图书服务热线）
网　　址 / http：//www.bitpress.com.cn
经　　销 / 全国各地新华书店
印　　刷 / 北京富诚彩色印刷有限公司
开　　本 / 787 毫米×1092 毫米　1/32
印　　张 / 8
字　　数 / 89 千字
版　　次 / 2019 年 2 月第 1 版
2019 年 2 月第 1 次印刷
定　　价 / 42.00 元

责任编辑 / 马永祥
出版统筹 / 王　丹
责任校对 / 周瑞红
责任印制 / 施胜娟
装帧设计 / 杨明俊
插画 / 冰河插画工作室

图书出现印装质量问题，请拨打售后服务热线，本社负责调换

记忆当中的明丽歌谣

在所有的现代作家当中，萧红是最擅长在记忆里面写文章的作家，也是最擅长在寂寞当中写文章的作家。也正是因为在记忆当中，在寂寞当中，所以她的故乡才那样明丽和光艳。

在萧红的记忆当中，有着一个可爱的远在黑龙江省呼兰河畔的故乡。她出生在一个地主家庭，但是似乎这个家庭也在没落当中。即使从她的作品当中，我们也可以知道，她和她的父母并不亲近。而她的祖母似乎比较严厉，她的祖父也常常被骂。然后幼小的萧红就会拉着祖父的手说：“我们后园里去吧。”而这个后园子却是一个无限广阔的天地，有樱桃树、玫瑰花、倭瓜藤蔓、大黄瓜，有蜂子、蝴蝶、蜻蜓、蚂蚱。在这里，她会用水瓢把水洒落到空中，然后告诉慈爱的祖父“下雨啦”，会偷偷把玫瑰花插在祖父的草帽上，于是草帽也就开花了。

然而，“我还没有长到二十岁，祖父就七八十岁了。祖父一过了八十，祖父就死了。从前那后花园的主人，而今不见了。老主人死了，小主人逃荒去了。”

从此之后，萧红就开始了她的颠沛流离的流浪生涯。她去过哈尔滨，开始了自己的文学创作。又因着对于文学的追求和对生活的憧憬，辗转来到了上海，见到了心中最为仰慕的鲁迅先生。萧红在上海的时间很短，只有不到两年，但是也只有在鲁迅先生的客厅当中，她感受到了无微不至的关怀和温暖，以及影响至深的鼓励和支持。鲁迅先生给萧红的《生死场》写下浓墨重彩的一篇序言："北方人民的对于生的坚强，对于死的挣扎，却往往已经力透纸背；女性作者的细致的观察和越轨的笔致，又增加了不少明丽和新鲜。"萧红一举立足于文坛，被誉为"20世纪30年代的文学洛神"。鲁迅先生就是她的第二个祖父，鲁迅先生的客厅就是她的第二个后园子。

这些回忆，促使萧红写出了《呼兰河传》和《回忆鲁迅先生》。写《呼兰河传》的时候，萧红已经在香港，这是鲁迅先生逝世之后、抗日战争爆发之后的事了。再不久之后，1942年1月，萧红病逝，年仅31岁。另一位文学大家——茅盾，不久之后也到了香港，他没有去浅水湾萧红的墓地，但是为《呼兰河传》写下了序言："它是一篇叙事诗，一幅多彩的风土画，一串凄婉的歌谣。"

两位文学大家，分别给萧红的两部重要作品写序，这是何等的重视和荣耀！尽管萧红的一生是寂寞的。

……

萧红的很多文章，如《火烧云》《祖父的园子》《回忆鲁迅先生（节选）》等，被列入现在的中小学教科书。

本书则编选了更多的萧红代表作品，希望青少年读者们能够从阅读当中，看到更多的那些开放在记忆当中的明丽花朵，聆听到更悠长的关于故乡的凄婉歌谣。

大家小书｜祖父的园子

目　录

永远的憧憬和追求

一九一一年，在一个小县城里边，我生在一个小地主的家里。那县城差不多就在中国的最东最北部——黑龙江省——所以一年之中，倒有四个月飘着白雪。

父亲常常为着贪婪而失掉了人性。他对待仆人，对待自己的儿女，以及对待我的祖父都是同样地吝啬而疏远，甚至于无情。

有一次，为着房屋租金的事情，父亲把房客的全套的马车赶了过来。房客的家属们哭着诉说着，向我的祖父跪了下来，于是祖父把两匹棕色的马从车上解下来还了回去。

为着这匹马，父亲向祖父起着终夜的争吵。“两匹马，咱们是算不了什么的，穷人，这匹马就是命根。”祖父这样说着，而父亲还是争吵。九岁时，母亲死去。父亲也就更变了样，偶然打碎了一只杯子，他就要骂到使人发抖的程度。后来就连父亲的眼睛也转了弯，每从他的身边经过，我就像自己的身上生了针刺一样；他斜视着你，他那高傲的眼光从鼻梁经过嘴角而后往下流着。

所以每每在大雪中的黄昏里，围着暖炉，围着祖父，听着祖父读着诗篇，看着祖父读着诗篇时微红的嘴唇。

父亲打了我的时候，我就在祖父的房里，一直面向着窗子，从黄昏到深夜——窗外的白雪，好像白棉花一样飘着；而暖炉上水壶的盖子，则像伴奏的乐器似的振动着。

他对待仆人，对待自己的儿女，以及对待我的祖父都是同样的吝啬而疏远，甚至于无情。

萧红的祖父张维祯，生于 1849 年，青少年时代曾读过几年诗书。中年家道衰落，分家时析得呼兰县房地产，始从阿城县福昌号屯迁居呼兰。 萧红的父亲张廷举，生于 1888 年。他是张维岳的三子，十二岁过继给四伯父张维祯，毕业于黑龙江省立优级师范学堂，授予师范科举人，曾任呼兰县教育局长。（据铁峰《萧红年谱》）

祖父时时把多纹的两手放在我的肩上，而后又放在我的头上，我的耳边便响着这样的声音：

“快快长吧！长大就好了。”

二十岁那年，我就逃出了父亲的家庭。直到现在还是过着流浪的生活。

“长大”是“长大”了，而没有“好”。

可是从祖父那里，知道了人生除掉了冰冷和憎恶而外，还有温暖和爱。

所以我就向这“温暖”和“爱”的方面，怀着永久的憧憬和追求。

蹲在洋车上

看到了乡巴佬坐洋车，忽然想起一个童年的故事。

当我还是小孩的时候，祖母常常进街。我们并不住在城外，只是离市镇较偏的地方罢了！有一天，祖母又要进街，命令我：

“叫你妈妈把斗风给我拿来！”

那时因为我过于娇惯，把舌头故意缩短一些，叫斗篷作斗风，所以祖母学着我，把风字拖得很长。

她知道我最爱惜皮球，每次进街的时候，她问我：

“你要些什么呢？”

“我要皮球。”

“你要多大的呢？”

“我要这样大的。”

我赶快把手臂拱向两面，好像张着的鹰的翅膀。大家都笑了！祖父轻动着嘴唇，好像要骂我一些什么话，因我的小小的姿势感动了他。

祖母的斗篷消失在高烟囱的背后。

等她回来的时候，什么皮球也没带给我，可是我也不追问一声：

“我的皮球呢？”

因为每次她也不带给我；下次祖母再上街的时候，我仍说是要皮球，我是说惯了，我是熟练而惯于作那种姿势。

祖母上街尽是坐马车回来，今天却不是，她睡在仿佛是小槽子里，大概是槽子装置了两个大车轮。非常轻快，雁似的从大门口飞来，一直到房门。在前面挽着的那个人，把祖母停下，我站在玻璃窗里，小小的心灵上，有无限的奇秘冲击着。我以为祖母不会从那里头走出来，我想祖母为什么要被装进槽子里呢？我渐渐惊怕起来，我完全成了个呆气的孩子，把头盖顶住玻璃，想尽方法理解我所不能理解的那个从来没有见过的槽子。

很快我领会了！见祖母从口袋里拿钱给那个人，并且祖母非常兴奋，她说叫着，斗篷几乎从她的肩上脱溜下去！

“呵！今天我坐的东洋驴子回来的，那是过于安稳呀！还是头一次呢，我坐过安稳的车子！”

祖父在街上也看见过人们所呼叫的东洋驴子，妈妈也没有奇怪。只是我，仍旧头皮顶撞在玻璃那儿，我眼看那个驴子从门口飘飘地不见了！我的心魂被引了去。

等我离开窗子，祖母的斗篷已是脱在炕的中央，她嘴里叨叨地讲着她街上所见的新闻。可是我没有留心听，就是给我吃什么糖果之类，我也不会留心吃，只是那样的车子太吸引我了！太捉住我小小的心灵了！

夜晚在灯光里，我们的邻居，刘三奶奶摇闪着走来，我知道又是找祖母来谈天的。所以我稳当当地占了一个位置在桌边。于是我咬起嘴唇来，仿佛大人样能了解一切话语，祖母又讲关于街上所见的新闻，我用心听，我十分费力！

“……那是可笑，真好笑呢！一切人站下瞧，可是那个乡下佬还是不知道笑自己，拉车的回头才知道乡巴佬是蹲在车子前放脚的地方，拉车的问：‘你为什么蹲在这地方？’他说怕拉车的过于吃力，蹲着不是比坐着强吗？比坐在那里不是轻吗？所以没敢坐下……”

邻居的三奶奶，笑得几个残齿完全摆在外面，我也笑了！祖母还说，她感到这个乡巴佬难以形容，她的态度，她用所有的一切字眼，都是引人发笑。

“后来那个乡巴佬，你说怎么样！他从车上跳下来，拉车的问他为什么跳？他说：‘若是蹲着吗？那还行。坐着，我实在没有那样的钱。’拉车的说：‘坐着，我不多要钱。’那个乡巴佬到底不信这话，从车上搬下他的零碎东西，走了。他走了！”

我听得懂，我觉得费力，我问祖母：

“你说的，那是什么驴子？”

她不懂我的半句话，拍了我的头一下，当时我真是不能记住那样繁复的名词。过了几天祖母又上街，又是坐驴子回来的，我的心里渐渐羡慕那驴子，也想要坐驴子。

过了两年，六岁了！我的聪明，也许是我的年岁吧！支持着我使我愈见讨厌我那个皮球，那真是太小，而又太旧了；我不能喜欢黑脸皮球，我爱上邻家孩子手里那个大的；买皮球，好像我的志愿，一天比一天坚决起来。

向祖母说，她答：“过几天买吧，你先玩这个吧！”

又向祖父请求，他答：“这个还不是很好吗？不是没有出气吗？”

我得知他们的意思是说旧皮球还没有破，不能买新的。于是把皮球在脚下用力捣毁它，任是怎样捣毁，皮球仍是很圆，很鼓，后来到祖父面前让他替我踏破！祖父变了脸色，像是要打我，我跑开了！

从此，我每天表示不满意的样子。

终于一天晴朗的夏日，戴起小草帽来，自己出街去买皮球了！朝向母亲曾领我到过的那家铺子走去，离家不远的时候，我的心志非常光明，能够分辨方向，我知道自己是向北走。过了一会，不然了！太阳我也找不着了！一些些的招牌，依我看来都是一个样，街上的行人好像每个要撞倒我似的，就连马车也好像是旋转着。我不晓得自己走了多远，只是我实在疲劳。不能再寻找那家商店；我急切地想回家，可是家也被寻觅不到。我是从哪一条路来的？究竟家是在什么方向？

我忘记一切危险，在街心停住，我没有哭，把头向天，愿看见太阳。因为平常爸爸不是拿指南针看看太阳就知道或南或北吗？我虽然看了，只见太阳在街路中央，别的什么都不能知道，我无心留意街道，跌倒在了阴沟板上面。

“小孩！小心点。”

身边的马车夫驱着车子过去，我想问他我的家在什么地方，他走过了！我昏沉极了！忙问一个路旁的人：

“你知道我的家吗？”

他好像知道我是被丢的孩子，或许那时候我的脸上有什么急慌的神色，那人跑向路的那边去，把车子拉过来，我知道他是洋车夫，他和我开玩笑一般：

“走吧！坐车回家吧！”

我坐上了车，他问我，总是玩笑一般地：

“小姑娘！家在哪里呀？”

我说：“我们离南河沿不远，我也不知道哪面是南，反正我们南边有河。”

走了一会，我的心渐渐平稳，好像被动荡的一盆水，渐渐静止下来，可是不多一会，我忽然忧愁了！抱怨自己皮球仍是没有买成！从皮球连想到祖母骗我给买皮球的故事，很快又连想到祖母讲的关于乡巴佬坐东洋车的故事。于是我想试一试，怎样可以像个乡

巴佬。该怎样蹲法呢？轻轻地从座位滑下来，当我还没有蹲稳当的时节，拉车的回头来：

“你要做什么呀？”

我说：“我要蹲一蹲试试，你答应我蹲吗？”

他看我已经偎在车前放脚的那个地方，于是他向我深深地做了一个鬼脸，嘴里哼着：

“倒好哩！你这样孩子，很会淘气！”

车子跑得不很快，我忘记街上有没有人笑我。车跑到红色的大门楼，我知道家了！我应该起来呀！应该下车呀！不，目的想给祖母一个意外的发笑，等车拉到院心，我仍蹲在那里，像耍猴人的猴样，一动不动。祖母笑着跑出来了！祖父也是笑！我怕他们不晓得我的意义，我用尖音喊：

“看我！乡巴佬蹲东洋驴子！乡巴佬蹲东洋驴子呀！”

只有妈妈大声骂着我，忽然我怕要打我，我是偷着上街。

洋车忽然放停，从上面我倒滚下来，不记得被跌伤没有。祖父猛力打了拉车的，说他欺侮小孩，说他不让小孩坐车让蹲在那里。没有给他钱，从院子把他轰出去。

所以后来，无论祖父对我怎样疼爱，心里总是生着隔膜，我不同意他打洋车夫，我问：

“你为什么打他呢？那是我自己愿意蹲着。”

祖父把眼睛斜视一下：“有钱的孩子是不受什么气的。”

现在我是二十多岁了！我的祖父死去多年了！在这样的年代中，我没发现一个有钱的人蹲在洋车上；他有钱，他不怕车夫吃力，他自己没拉过车，自己所尝到的，只是被拉着舒服滋味。假若偶尔有钱家的小孩子要蹲在车厢中玩一玩，那么孩子的祖父出来，拉洋车的便要被打。

可是我呢？现在变成个没有钱的孩子了！

初 冬

初冬，我走在清凉的街道上，遇见了我的弟弟。

“莹姐，你走到哪里去？”

“随便走走吧！”

“我们去吃一杯咖啡，好不好，莹姐。”

咖啡店的窗子在帘幕下挂着苍白的霜层。我把领口脱着毛的外衣搭在衣架上。

我们开始搅着杯子铃啷的响了。

“天冷了吧！并且也太孤寂了，你还是回家的好。”弟弟的眼睛是深黑色的。

我摇了头，我说：“你们学校的篮球队近来怎么样？还活跃吗？你还很热心吗？”

“我掷筐掷得更进步，可惜你总也没到我们球场上来了。你这样不畅快是不行的。”

我仍搅着杯子，也许飘流久了的心情，就和离了岸的海水一般，若非遇到大风是不会翻起的。我开始弄着手帕。弟弟再向我说什么我已不去听清他，仿佛自己是沉坠在深远的幻想的井里。

我不记得咖啡怎样被我吃干了杯了。茶匙在搅着空的杯子时，弟弟说：“再来一杯吧！”

女侍者带着欢笑一般飞起的头发来到我们桌边，她又用很响亮的脚步摇摇地走了去。

也许因为清早或天寒，再没有人走进这咖啡店。在弟弟默默看着我的时候，在我的思想凝静得玻璃一般平的时候，壁间暖气管小小嘶鸣的声音都听得到了。

“天冷了，还是回家好，心情这样不畅快，长久了是无益的。”

“怎么！”

“太坏的心情于你有什么好处呢？”

“为什么要说我的心情不好呢？”

我们又都搅着杯子。有外国人走进来，那响着嗓子的、嘴不住在说的女人，就坐在我们的近边。她离得我越近，我越嗅到她满衣的香气，那使我感到她离得我更辽远，也感到全人类离得我更辽远。也许她那安闲而幸福的态度与我一点联系也没有。

我们搅着杯子，杯子不能像起初搅得发响了。街车好像渐渐多了起来，闪在窗子上的人影，迅速而且繁多了。隔着窗子，可以听到喑哑的笑声和喑哑的踏在行人道上的鞋子的声音。

“莹姐，”弟弟的眼睛深黑色的，“天冷了，再不能飘流下去，回家去吧！”弟弟说：“你的头发这样长了，怎么不到理发店去一次呢？”我不知道为什么被他这话所激动了。

也许要熄灭的灯火在我心中复燃起来，热力和光明鼓荡着我：

“那样的家我是不想回去的。”

“那么飘流着，就这样飘流着？”弟弟的眼睛是深黑色的。他的杯子留在左手里边，另一只手在桌面上，手心向上翻张了开来，要在空间摸索着什么似的。最后，他是捉住自己的领巾。我看着他在抖动的嘴唇：“莹姐，我真担心你这个女浪人！”他牙齿好像更白了些，更大些，而且有力了，而且充满热情了。为热情而波动，他的嘴唇是那样地退去了颜色。并且他的全人有些近乎狂人，然而安静，完全被热情侵占着。

出了咖啡店，我们在结着薄碎的冰雪上面踏着脚。

初冬，早晨的红日扑着我们的头发，这样的红光使我感到欣快和寂寞。弟弟不住地在手下摇着帽子，肩头耸起了又落下了；心脏也是高了又低了。

渺小的同情者和被同情者离开了市街。

停在一个荒败的枣树园的前面时，他突然把很厚的手伸给了我，这是我们要告别了。

“我到学校去上课！”他脱开我的手，向着我相反的方向背转过去。可是走了几步，又转回来：

“莹姐，我看你还是回家的好！”

“那样的家我是不能回去的，我不愿意受和我站在两极端的父亲的豢养……”

“那么你要钱用吗？”

“不要的。”

“那么，你就这个样子吗？你瘦了！你快要生病了！你的衣服也太薄啊！”弟弟的眼睛是深黑色的，充满着祈祷和愿望。我们又握过手，分别向不同的方向走去。

太阳在我的脸面上闪闪耀耀。仍和未遇见弟弟以前一样，我穿着街头，我无目的地走。寒风，刺着喉头，时时要发作小小的咳嗽。

弟弟留给我的是深黑色的眼睛，这在我散漫与孤独的流荡人的心板上，怎能不微温了一个时刻？

我之读世界语

我一见到懂世界语的朋友们，我总向他们发出几个难题，而这几个难题又总是同样的。

当我第一次走进上海世界语协会的时候，我的希望很高。我打算在一年之内，我要翻译关于文学的书籍，在半年之内我能够读报纸。偏偏第一课没有上，只是教世界语的那位先生把世界语讲解了一番。听他这一讲我更胆壮了。他说每一个名词的尾音是“o”，每一个形容词的尾音是“a”……还有动词的尾音是什么，还有每一个单字的重音在最末的第二个母音上。而后读一读字母就下课了。

我想照他这样说还用得着半年吗？三个月我就要看短篇小说的。

那天我就在世界语协会买了一本《小彼得》出来，而别人有用世界语说着“再见！”我一听也就会了，真是没有什么难。第二天我也就用世界语说着“再见！”

现在算起，这“再见”已经说了三四年了，奇怪的是并没有比“再见”更会说一句完整的话。这次在青年会开纪念柴门史诞辰八十周年纪念的时候，钟宪民先生给每个人带来一本《东方呼声》，若不是旁边注着中国字，我哪里看得懂这刊物叫什么名字呢？但是按照着世界语的名字读出来我竟不能够，可见我连字母都忘了。

我为什么没有接着学呢？说起来可笑得很，就因为每一个名词的字尾都是“o”，形容词的字尾都是

“a”，一句话里总有几个“o”和“a”的，若连着说起来，就只听得“oo”“aa”，因为一“ooaa”就不好听，一不好听，我就不学了。

起初这理由我还不敢公开提出来，怕人家笑。但凡是下雨天我就不去世界语协会，后来连刮风我也不去，再后来就根本不去。那本《小彼得》总算勉勉强强读完了，一读完它就安安然然地不知睡到什么地方去了。

我一见到懂世界语的朋友们所提出来的难题，就是关于这“ooaa”。这理由怎么能够成立呢？完全是一种怕困难的假词。

世界语虽然容易，但也不能够容易得一读就可以会的呀！大家都说：为什么学世界语的人不少而能够读书能讲话的却不多呢？就是把它看得太容易的缘故。

初学的世界语者们！要把它看得稍微难一点。

失眠之夜

为什么要失眠呢！烦躁，恶心，心跳，胆小，并且想要哭泣。我想想，也许就是故乡的思虑罢。

窗子外面的天空高远了，和白棉一样绵软的云彩低近了，吹来的风好像带点草原的气味，这就是说已经是秋天了。

在家乡那边，秋天最可爱。

蓝天蓝得有点发黑，白云就像银子做成一样，就像白色的大花朵似的点缀在天上；就又像沉重得快要脱离开天空而坠了下来似的，而那天空就越显得高了，高得再没有那么高的。

昨天我到朋友们的地方走了一遭，听来了好多的心愿——那许多心愿综合起来，又都是一个心愿——这回若真的打回满洲去，有的说，煮一锅高粱米粥喝；有的说，咱家那地豆多么大！说着就用手比量着，这么碗大；珍珠米，老的一煮就开了花的，一尺来长的；还有的说，高粱米粥、咸盐豆。还有的说，若真的打回满洲去，三天二夜不吃饭，打着大旗往家跑。跑到家去自然也免不了先吃高粱米粥或咸盐豆。

比方高粱米那东西，平常我就不愿吃，很硬，有点发涩（也许因为我有胃病的关系），可是经他们这一说，也觉得非吃不可了。

但是什么时候吃呢？那我就不知道了。而况我到底是不怎样热烈的，所以关于这一方面，我终究不怎样亲切。

但我想我们那门前的蒿草，我想我们那后园里开着的茄子的紫色的小花，黄瓜爬上了架。而那清早，朝阳带着露珠一齐来了！

我一说到蒿草或黄瓜，三郎就向我摆手或摇头：“不，我们家，门前是两棵柳树，树荫交织着做成门形。再前面是菜园，过了菜园就是门。那金字塔形的山峰正向着我们家的门口，而两边像蝙蝠的翅膀似的向着村子的东方和西方伸展开去。而后园黄瓜、茄子也种着，最好看的是牵牛花在石头桥的缝际爬遍了，早晨带着露水牵牛花开了……”

“我们家就不这样，没有高山，也没有柳树……只有……”我常常这样打断他。

有时候，他也不等我说完，他就接下去。我们讲的故事，彼此都好像是讲给自己听，而不是为着对方。

只有那么一天，买来了一张《东北富源图》挂在墙上了，染着黄色的平原上站着小马、小羊，还有骆驼，还有牵着骆驼的小人；海上就是些小鱼、大鱼，黄色的鱼，红色的好像小瓶似的大肚的鱼，还有黑色的大鲸鱼；而兴安岭和辽宁一带画着许多和海涛似的绿色的山脉。

他的家就在离着渤海不远的山脉中，他的指甲在山脉爬着："这是大凌河……这是小凌河……哼……没有，这个地图是个不完全的，是个略图……"

"好哇！天天说凌河，哪有凌河呢！"我不知为什么一提到家乡，常常愿意给他扫兴一点。

"你不相信！我给你看。"他去翻他的书橱去了，"这不是大凌河……小凌河……小孩的时候在凌河沿上捉小鱼，拿到山上去，在石头上用火烤着吃……这边就是沈家台，离我们家二里路……"因为是把地图摊在地板上看的缘故，一面说着，他一面用手扫着他已经垂在前额的发梢。

《东北富源图》就挂在床头，所以第二天早晨，我一张开了眼睛，他就抓住了我的手：

"我想将来我回家的时候，先买两匹驴，一匹你骑着，一匹我骑着……先到我姑姑家，再到我姐姐家……顺便也许看看我的舅舅去……我姐姐很爱我……她出嫁以后，每回来一次就哭一次，姐姐一哭，我也哭……这有七八年不见了！也都老了。”

那地图上的小鱼，红的，黑的，都能够看清，我一边看着，一边听着，这一次我没有打断他，或给他扫一点兴。

“买黑色的驴，挂着铃子，走起来……铛啷啷啷啷啷啷……”他形容着铃音的时候，就像他的嘴里边含着铃子似的在响。

“我带你到沈家台去赶集。那赶集的日子，热闹！驴身上挂着烧酒瓶……我们那边，羊肉非常便宜……羊肉炖片粉……真有味道！唉呀！这有多少年没吃那羊肉啦！”他的眉毛和额头上起着很多皱纹。

我在大镜子里边看了他，他的手从我的手上抽回去，放在他自己的胸上，而后又背着放在枕头下面去，但很快地又抽出来。只理一理他自己的发梢又放在枕头上去。

而我，我想：

“你们家对于外来的所谓‘媳妇’也一样吗？”我想着这样说了。

这失眠大概也许不是因为这个。但买驴子的买驴子，吃咸盐豆的吃咸盐豆，而我呢？坐在驴子上，所去的仍是生疏的地方，我停着的仍然是别人的家乡。

家乡这个观念，在我本不甚切的，但当别人说起来的时候，我也就心慌了！虽然那块土地在没有成为日本的之前，“家”在我就等于没有了。

这失眠一直继续到黎明之前，在高射炮的声中，我也听到了一声声和家乡一样的震抖在原野上的鸡鸣。

花 狗

在一个深奥的、很小的院心上，集聚几个邻人。这院子种着两棵大芭蕉，人们就在芭蕉叶子下边谈论着李寡妇的大花狗。

有的说：

“看吧，这大狗又倒霉了。”

有的说：

“不见得，上回还不是闹到终归儿子没有回来，花狗也饿病了，因此李寡妇哭了好几回……”

“唉，你就别说啦，这两天还不是么，那大花狗都站不住了，若是人一定要扶着墙走路……”

人们正说着，李寡妇的大花狗就来了。它是一条虎狗，头是大的，嘴是方的，走起路来很威严，全身是黄毛带着白花。它从芭蕉叶里露出来了，站在许多人的面前，还勉强地摇一摇尾巴。

但那原来的姿态完全不对了，眼睛没有一点光亮，全身的毛好像要脱落似的在它的身上飘浮着。而最可笑的是它的脚掌很稳地抬起来，端得平平的再放下去，正好像希特勒的在操演的军队的脚掌似的。

人们正想要说些什么，看到李寡妇戴着大帽子从屋里出来，大家就停止了，都把眼睛落到李寡妇的身上。她手里拿着一把黄香，身上背着一个黄布口袋。

“听说少爷来信了，倒是吗？”

“是的，是的，没有多少日子，就要换防回来的……是的……亲手写的信来……我是到佛堂去烧香，是我应许下的，只要老佛保佑我那孩子有了信，从那天起，我就从那天三遍香烧着，一直到他回来……”那大花狗仍照着它平常的习惯，一看到主人出街，它就跟上去，李寡妇一边骂着就走远了。

那班谈论的人，也都谈论一会儿各自回家了。

留下了大花狗自己在芭蕉叶下蹲着。

大花狗，李寡妇养了它十几年，李老头子活着的时候，和她吵架，她一生气坐在椅子上哭半天会一动不动的，大花狗就陪着她蹲在她的脚尖旁。她生病的时候，大花狗也不出屋，就在她旁边转着。她和邻居骂架时，大花狗就上去撕人家衣服。她夜里失眠时，大花狗摇着尾巴一直陪她到天明。

所以她爱这狗胜过于一切了，冬天给这狗做一张小棉被，夏天给它铺一张小凉席。

李寡妇的儿子随军出发了以后，她对这狗更是一时也不能离开的，她把这狗看成个什么都能了解的能懂人性的了。

有几次她听了前线上恶劣的消息，她竟拍着那大花狗哭了好几次，有的时候像枕头似的枕着那大花狗哭。

大花狗也实在惹人怜爱，卷着尾巴，虎头虎脑的，虽然它忧愁了，寂寞了，眼睛无光了，但这更显得它柔顺，显得它温和。所以每当晚饭以后，它挨着家是凡里院外院的人家，它都用嘴推开门进去拜访一次，有剩饭的给它，它就吃了，无有剩饭，它就在人家屋里绕了一个圈就静静地出来了。这狗流浪了半个月了，它到主人旁边，主人也不打它，也不骂它，只是什么也不表示，冷静地接待了它，而并不是按着一定的时候给东西吃，想起来就给它，忘记了也就算了。

大花狗落雨也在外边，刮风也在外边，李寡妇整天锁着门到东城门外的佛堂去。

有一天她的邻居告诉她：

"你的大花狗，昨夜在街上被别的狗咬了腿流了血……"

"是的，是的，给它包扎包扎。"

"那狗实在可怜呢，满院子寻食……"邻人又说。

"唉，你没听在前线上呢，那真可怜……咱家里这一只狗算什么呢？”她忙着话没有说完，又背着黄布口袋上佛堂烧香去了。

等邻人第二次告诉她说：

“你去看看你那狗吧！”

那时候大花狗已经躺在外院的大门口了，躺着动也不动，那只被咬伤了的前腿，晒在太阳下。

本来李寡妇一看了也多少引起些悲哀来，也就想喊人来花两角钱埋了它。但因为刚刚又收到儿子一封信，是广州退却时写的，看信上说儿子就该到家了，于是她逢人便讲，竟把花狗又忘记了。

这花狗一直在外院的门口，躺了三两天。

是凡经过的人都说这狗老死了，或是被咬死了，其实不是，它是被冷落死了。

九一八致弟弟书

可弟：小战士，你也做了战士了，这是我想不到的。

世事恍恍惚惚地就过了；记得这十年中只有那么一个短促的时间是与你相处的，那时间短到如何程度，现在想起就像连你的面孔还没有来得及记住，而你就去了。

记得当我们都是小孩子的时候，当我离开家的时

那时间短到如何程度，现在想起，就像连
你的面孔还没有来得及记住，而你就去了。

高中毕业后，我于 1936 年到日本留学半年多，听说萧红当时也在日本，但我竟未敢去找她，怕特务发觉。在日本又受不了被当做“亡国奴”的轻视，就于是年冬转道东北跑到上海了。先见到萧军，以后萧红也从日本回来了，我靠他们的帮助在上海逗留了半年多。以后，我就离开了他们，带着一封萧军写给红军里熟人的信去了西安。谁知这一去竟成了永别。（张秀珂《回忆我的姐姐萧红》）

候，那一天的早晨你还在大门外和一群孩子们玩着，那时你才是十三四岁的孩子，你什么也不懂，你看着我离开家向南大道上奔去，向着那白银似的满铺着雪的无边的大地奔去。你连招呼都不招呼，你恋着玩，对于我的出走，你连看我也不看。

而事隔六七年，你也就长大了，有时写信给我，因为我的飘流不定，信有时收到，有时收不到。但在收到信中我读了之后，竟看不见你，不是因为那信不是你写的，而是在那信里边你所说的话，都不像是你说的。这个不怪你，都只怪我的记忆力顽强，我就总记着，那顽皮的孩子是你，会写了这样的信的，会说了这样的话的，哪能够是你。比方说——生活在这边，前途是没有希望，等等……

这是什么人给我的信，我看了非常地生疏，又非常地新鲜，但心里边都不表示什么同情，因为我总有一个印象，你晓得什么，你小孩子，所以我回你的信的时候，总是愿意说一些空话，问一问家里的樱桃树这几年结樱桃多少？红玫瑰依旧开花否？或者是看门的大白狗怎样了？关于你的回信，说祖父的坟头上长了一棵小树。在这样的话里，我才体味到这信是弟弟写给我的。

但是没有读过你的几封这样的信，我又走了。越走越离得你远了，从前是离着你千百里远，那以后就是几千里了。

而后你追到我最先住的那地方，去找我，看门的人说，我已不在了。

而后婉转的你又来了信，说为着我在那地方，才转学也到那地方来念书。可是你扑空了。我已经从海上走了。

可弟，我们都是自幼没有见过海的孩子，可是要沿着海往南下去了。海是生疏的，我们怕，但是也就上了海船，漂漂荡荡的，前边没有什么一定的目的，也就往前走了。

那时到海上来的，还没有你们，而我是最初的。我想起来一个笑话，我们小的时候，祖父常讲给我们听，我们本是山东人，我们的曾祖，担着担子逃荒到关东的。而我们又将是那个未来的曾祖了，我们的后代也许会在那里说着，从前他们也有一个曾祖，坐着渔船，逃荒到南方的。

我来到南方，你就不再有信来。一年多又不知道你那方面的情形了。

不知多久，忽然又有信来，是来自东京的，说你是在那边念书了。恰巧那年我也要到东京去看看。立刻我写了一封信给你，你说暑假要回家的，我写信问你，是不是想看看我，我大概七月下旬可到。

我想这一次可以看到你了。这是多么出奇的一个奇遇。因为想也想不到，会在这样一个地方相遇的。

我一到东京就写信给你，你住的是神田町，多少多少番。本来你那地方是很近的，我可以请朋友带了我去找你。但是因为我们已经不是一个国度的人了，姐姐是另一国的人，弟弟又是另一国的人。直接地找你，怕于你有什么不便。信写去了，约的是第三天的下午六点在某某饭馆等我。

那天，我特别穿了一件红衣裳，使你很容易地可以看见我。我五点钟就等在那里，因为我在猜想，你如果来，你一定要早来的。我想你看到了我，你多少喜欢。而我也想到了，假如到了六点钟不来，那大概就是已经不在了。

一直到了六点钟，没有人来，我又多等了一刻钟，我又多等了半点钟，我想或者你有事情会来晚了的。到最后的几分钟，竟想到，大概你来过了，或者已经不认识我，因为始终看不见你。第二天，我想还是到你住的地方看一趟，你那小房是很小的。有一个老婆婆，穿着灰色大袖子衣裳，她说你已经在月初走了，离开了东京了，但你那房子里还下着竹帘子呢。帘子里头静悄悄的，好像你在里边睡午觉的。

半年之后，我还没有回上海，不知怎么地，你又来了信。这信是来自上海的，说你已经到了上海，是到上海找我的。

我想这可糟了，又来了一个小吉卜西。

这流浪的生活，怕你过不惯，也怕你受不住。

但你说："你可以过得惯，为什么我过不惯。"

于是你就在上海住下了。

等我一回到上海，你每天到我的住处来，有时我不在家，你就在楼廊等着，你就睡在楼廊的椅子上，我看见了你的黑黑的人影，我的心里充满了慌乱。我想这些流浪的年轻人，都将流浪到哪里去，常常在街上碰到你们的一伙，你们都是年轻的，都是北方的粗直的青年。内心充满了力量，你们是被逼着来到这人地生疏的地方，你们都怀着万分的勇敢，只有向前，没有回头。但是你们都充满了饥饿，所以每天到处找工作。你们是可怕的一群，在街上落叶似的被秋风卷着，寒冷来的时候，只有弯着腰，抱着膀，打着寒颤。肚里饿着的时候，我猜得到，你们彼此地乱跑，到处看看，谁有可吃的东西。

在这种情形之下，从家跑来的人，还是一天一天地增加，这自然都说是以往，而并非是现在。现在我们已经抗战四年了。在世界上还有谁不知我们中国的英勇，自然而今你们都是战士了。

不过在那时候，因此我就有许多不安。我想将来你到什么地方去，并且做什么？

那时你不知我心里的忧郁，你总是早上来笑着，晚上来笑着。似乎不知道为什么你已经得到了无限的安慰了。似乎是你所存在的地方，已经绝对地安然了，进到我屋子来，看到可吃的就吃，看到书就翻，累了，躺在床上就休息。

你那种傻里傻气的样子，我看了，有的时候，觉得讨厌，有的时候也觉得喜欢，虽是欢喜了，但还是心口不一地说："快起来吧，看这么懒。"

不多时就"七七事变"，很快你就决定了，到西北去，做抗日军去。

你走的那天晚上，满天都是星，就像幼年我们在黄瓜架下捉着虫子的那样的夜，那样黑黑的夜，那样飞着萤虫的夜。

你走了，你的眼睛不大看我，我也没有同你讲什么话。我送你到了台阶上，到了院里，你就走了。那时我心里不知道想什么，不知道愿意让你走，还是不愿意。只觉得恍恍惚惚的，把过去的许多年的生活都翻了一个新，事事都显得特别真切，又都显得特别的模糊，真所谓有如梦寐了。

可弟，你从小就苍白，不健康，而今虽然长得很高了，仍旧是苍白不健康，看你的读书、行路，一切都是勉强支持。精神是好的，体力是坏的，我很怕你走到别的地方去，支持不住，可是我又不能劝你回家，因为你的心里充满了诱惑，你的眼里充满了禁果。

恰巧在抗战不久，我也到山西去，有人告诉我你在洪洞的前线，离着我很近，我转给你一封信，我想没有两天就可看到你了。那时我心里可开心极了，因为我看到不少和你那样年轻的孩子们，他们快乐而活泼，他们跑着跳着，当工作的时候嘴里唱着歌。这一群快乐的小战士，胜利一定属于你们的，你们也拿枪，你们也担水，中国有你们，中国是不会亡的。因为我的心里充满了微笑。虽然我给你的信，你没有收到，我也没能看见你，但我不知为什么竟很放心，就像见到了你的一样。因为你也是他们之中的一个，于是我就把你忘了。

但是从那以后，你的音信一点也没有的。而至今已经四年了，你到底没有信来。

我本来不常想你，不过现在想起你来了，你为什么不来信。

于是我想，这都是我的不好，我在前边引诱了你。

今天又快到“九一八”了，写了以上这些，以遣胸中的忧闷。

愿你在远方快乐和健康。

严 冬

严冬一封锁了大地的时候，则大地满地裂着口。从南到北，从东到西，几尺长的，一丈长的，还有好几丈长的，它们毫无方向的，便随时随地，只要严冬一到，大地就裂开口了。

严寒把大地冻裂了。

年老的人，一进屋用扫帚扫着胡子上的冰溜，一面说：

“今天好冷啊！地冻裂了。”

赶车的车夫，顶着三星，绕着大鞭子走了六七十里，天刚一蒙亮，进了大车店，第一句话就向客栈掌柜的说：

“好厉害的天啊！小刀子一样。”

等进了栈房，摘下狗皮帽子来，抽一袋烟之后，伸手去拿热馒头的时候，那伸出来的手在手背上有无数的裂口。

人的手被冻裂了。

卖豆腐的人清早起来沿着人家去叫卖，偶一不慎，就把盛豆腐的方木盘贴在地上拿不起来了，被冻在地上了。

卖馒头的老头，背着木箱子，里边装着热馒头，太阳一出来，就在街上叫唤。他刚一从家里出来的时候，他走得快，他喊的声音也大。可是过不了一会儿，他的脚上挂了掌子了，在脚心上好像踏着一个鸡蛋似的，圆滚滚的。

原来冰雪封满了他的脚底了。他走起来十分地不得力，若不是十分地加着小心，他就要跌倒了。就是这样，也还是跌倒的。跌倒了是不很好的，把馒头箱子跌翻了，馒头从箱底一个一个地滚了出来。旁边若有人看见，趁着这机会，趁着老头子倒下一时还爬不起来的时候，就拾了几个一边吃着就走了。等老头子挣扎起来，连馒头带冰雪一起捡到箱子去，一数，不对数。他明白了。他向着那走不太远的吃他馒头的人说：

“好冷的天，地皮冻裂了，吞了我的馒头了。”

行路人听了这话都笑了。他背起箱子来再往前走，那脚下的冰溜，似乎是越结越高，使他越走越困难，于是背上出了汗，眼睛上了霜，胡子上的冰溜越挂越多，而且因为呼吸的关系，把破皮帽子的帽耳朵和帽前遮都挂了霜了。这老头越走越慢，担心受怕，战战兢兢，好像初次穿上滑冰鞋，被朋友推上了溜冰场似的。

小狗冻得夜夜地叫唤，哽哽的，好像它的脚爪被火烧着一样。

天再冷下去：

水缸被冻裂了；

井被冻住了；

大风雪的夜里，竟会把人家的房子封住，睡了一夜，早晨起来，一推门，竟推不开门了。

大地一到了这严寒的季节，一切都变了样，天空是灰色的，好像刮了大风之后，呈着一种混沌沌的气象，而且整天飞着清雪。人们走起路来是快的，嘴里边的呼吸，一遇到了严寒好像冒着烟似的。七匹马拉着一辆大车，在旷野上成串地一辆挨着一辆地跑，打着灯笼，甩着大鞭子，天空挂着三星。跑了两里路之后，马就冒汗了。再跑下去，这一批人马在冰天雪地里边竟热气腾腾的了。一直到太阳出来，进了栈房，那些马才停止了出汗。但是一停止了出汗，马毛立刻就上了霜。

人和马吃饱了之后，他们再跑。这寒带的地方，人家很少，不像南方，走了一村，不远又来了一村，过了一镇，不远又来了一镇。这里是什么也看不见，远望出去是一片白。从这一村到那一村，根本是看不见的。只有凭了认路的人的记忆才知道是走向了什么方向。拉着粮食的七匹马的大车，是到他们附近的城里去。载来大豆的卖了大豆，载来高粱的卖了高粱，等回去的时候，他们带了油、盐和布匹。

呼兰河小城

呼兰河就是这样的小城，这小城并不怎样繁华，只有两条大街，一条从南到北，一条从东到西，而最有名的算是十字街了。十字街口集中了全城的精华。十字街上有金银首饰店、布庄、油盐店、茶庄、药店，也有拔牙的洋医生。那医生的门前，挂着很大的招牌，那招牌上画着特别大的有量米的斗那么大的一排牙齿。这广告在这小城里边无乃太不相当，使人们看了竟不知道那是什么东西。因为油店、布店和盐店，他们都没有什么广告，也不过是盐店门前写个“盐”字，布店门前挂了两张怕是自古亦有之的两张布幌子。其余的如药店的招牌，也不过是：把那戴着花镜的伸出手去在小枕头上号着妇女们的脉管的医生的名字挂在门外就是了。比方那医生的名字叫李永春，那药店也就叫“李永春”。人们凭着记忆，哪怕就是李永春摘掉了他的招牌，人们也都知李永春是在那里。不但城里的人这样，就是从乡下来的人也多少都把这城里的街道，和街道上尽是些什么都记熟了。用不着什么广告，用不着什么招引的方式，要买的比如油盐、布匹之类，自己走进去就会买。不需要的，你就是挂了多大的牌子，人们也是不去买。那牙医生就是一个例子，那从乡下来的人们看了这么大的牙齿，真是觉得稀奇古怪，所以那大牌子前边，停了许多人在看，看也看不出是什么道理来。假若他是正在牙痛，他也绝对地不去让那用洋法子的医生给他拔掉，也还是走到李永春药店去，买二两黄连，回家去含着算了吧！因为那牌子上的牙齿太大了，有点莫名其妙，怪害怕的。

所以那牙医生，挂了两三年招牌，到那里去拔牙的却是寥寥无几。

后来那女医生没有办法，大概是生活没法维持，她兼做了收生婆。

城里除了十字街之外，还有两条街，一条叫作东二道街，一条叫作西二道街。这两条街是从南到北的，大概五六里长。这两条街上没有什么好记载的，有几座庙，有几家烧饼铺，有几家粮栈。

东二道街上有一家火磨，那火磨的院子很大，用红色的好砖砌起来的大烟筒是非常高的，听说那火磨里边进去不得，那里边的消信可多了，是碰不得的。一碰就会把人用火烧死，不然为什么叫火磨呢？就是因为有火，听说那里边不用马，或是毛驴拉磨，用的是火。一般人以为尽是用火，岂不把火磨烧着了吗？想来想去，想不明白，越想也就越糊涂。偏偏那火磨又是不准参观的。听说门口站着守卫。

东二道街上还有两家学堂，一个在南头，一个在北头。都是在庙里边，一个在龙王庙里，一个在祖师庙里。两个都是小学。

龙王庙里的那个学的是养蚕，叫作农业学校。祖师庙里的那个，是个普通的小学，还有高级班，所以又叫作高等小学。

这两个学校，名目上虽然不同，实际上是没有什么分别的。也不过那叫作农业学校的，到了秋天把蚕用油炒起来，教员们大吃几顿就是了。

那叫作高等小学的，没有蚕吃，那里边的学生的确比农业学校的学生长得高，农业学生开头是念“人、手、足、刀、尺”，顶大的也不过十六七岁。那高等小学的学生却不同了，吹着洋号，竟有二十四岁的，在乡下私学馆里已经教了四五年的书了，现在才来上高等小学。也有在粮栈里当了二年的管账先生的现在也来上学了。

这小学的学生写起家信来，竟有写道：“小秃子闹眼睛好了没有？”小秃子就是他的八岁的长公子的小名。次公子、女公子还都没有写上，若都写上怕是把信写得太长了。因为他已经子女成群，已经是一家之主了，写起信来总是多谈一些个家政：姓王的地户的地租送来没有？大豆卖了没有？行情如何之类。

这样的学生，在课堂里边也是极有地位的，教师也得尊敬他，一不留心，他这样的学生就站起来了，手里拿着《康熙字典》，常常会把先生指问住的。万里乾坤的“乾”和乾菜的“乾”，据这学生说是不同的。乾菜的“乾”应该这样写：“乾”，而不是那样写：“乾”。

西二道街上不但没有火磨，学堂也就只有一个。是个清真学校，设在城隍庙里边。

其余的也和东二道街一样，灰秃秃的，若有车马走过，则烟尘滚滚，下了雨满地是泥。

大泥坑

而且东二道街上有大泥坑一个，五六尺深。不下雨那泥浆好像粥一样，下了雨，这泥坑就变成河了，附近的人家，就要吃它的苦头，冲了人家里满满是泥，等坑水一落了去，天一晴了，被太阳一晒，出来很多蚊子飞到附近的人家去。同时那泥坑也就越晒越纯净，好像要从那泥坑里边提炼出点什么来似的。若是一个月以上不下雨，那大泥坑的质度更纯了，水分完全被蒸发走了，那里边的泥，又黏又黑，比粥锅糊，比糨糊还黏。好像炼胶的大锅似的，黑糊糊的，油亮亮的，哪怕苍蝇蚊子从那里一飞也要粘住的。

小燕子是很喜欢水的，有时误飞到这泥坑上来，用翅子点着水，看起来很危险，差一点没有被泥坑陷害了它，差一点没有被粘住，赶快头也不回地飞跑了。

若是一匹马，那就不然了，非粘住不可。不仅仅是粘住，而且把它陷进去，马在那里边滚着，挣扎着，挣扎了一会，没有了力气那马就躺下了。一躺下那就很危险，很有致命的可能。但是这种时候不很多，很少有人牵着马或是拉着车子来冒这种险。

这大泥坑出乱子的时候，多半是在旱年，若两三个月不下雨这泥坑子才到了真正危险的时候。在表面上看来，似乎是越下雨越坏，一下了雨好像小河似的了，该多么危险，有一丈来深，人掉下去也要没顶的。其实不然，呼兰河这城里的人没有这么傻，他们都晓得这个坑是很厉害的，没有一个人敢有这样大的胆子牵着马从这泥坑上过。

可是若三个月不下雨，这泥坑子就一天一天地干下去，到后来也不过是二三尺深，有些勇敢者就试探着冒险地赶着车从上边过去了，还有些次勇敢者，看着别人过去，也就跟着过去了，一来二去的，这坑子的两岸，就压成车轮经过的车辙了。那再后来者，一看，前边已经有人走在先了，这懦怯者比之勇敢的人更勇敢，赶着车子走上去了。

谁知这泥坑子的底是高低不平的，人家过去了，可是他却翻了车了。

车夫从泥坑爬出来，弄得和个小鬼似的，满脸泥污，而后再从泥中往外挖掘他的马。不料那马已经倒在泥污之中了，这时候有些过路的人，也就走上前来，帮忙施救。

这过路的人分成两种，一种是穿着长袍短褂的，非常清洁。看那样子也伸不出手来，因为他的手也是很洁净的。不用说那就是绅士一流的人物了，他们是站在一旁参观的。

看那马要站起来了，他们就喝彩，“噢！噢！”地喊叫着，看那马又站不起来，又倒下去了，这时他们又是喝彩，“噢噢”地又叫了几声。不过这喝的是倒彩。

就这样的马要站起来，而又站不起来的闹了一阵之后，仍然没有站起来，仍是照原样可怜地躺在那里。这时候，那些看热闹的觉得也不过如此，也没有什么新花样了。于是星散开去，各自回家去了。

现在再来说那马还是在那里躺着，那些帮忙救马的过路人，都是些普通的老百姓，是这城里的担葱的、卖菜的、瓦匠、车夫之流。他们卷卷裤脚，脱了鞋子，看看没有什么办法，走下泥坑去，想用几个人的力量把那马抬起来。

结果抬不起来了，那马的呼吸不大多了。于是人们着了慌，赶快解了马套。从车子把马解下来，以为这回那马就可以毫无担负地站起来了。

不料那马还是站不起来。马的脑袋露在泥浆的外边，两个耳朵哆嗦着，眼睛闭着，鼻子往外喷着突突的气。

看了这样可怜的景象，附近的人们跑回家去，取了绳索，拿了绞锥。用绳子把马捆了起来，用绞锥从下边掘着。人们喊着号令，好像造房子或是架桥梁似的，把马抬出来了。

马是没有死，躺在道旁。人们给马浇了一些水，还给马洗了一个脸。看热闹的也有来的，也有去的。

第二天大家都说：

“那大水泡子又淹死了一匹马。”

虽然马没有死，一哄起来就说马死了。若不这样说，觉得那大泥坑也太没有什么威严了。

在这大泥坑上翻车的事情不知有多少。一年除了被冬天冻住的季节之外，其余的时间，这大泥坑子像被赋给生命了似的，它是活的。水涨了，水落了，过些日子大了，过些日子又小了。大家对它都起着无限的关切。

水大的时间，不但阻碍了车马，且也阻碍了行人，老头走在泥坑子的沿上，两条腿打颤，小孩子在泥坑子的沿上吓得狼哭鬼叫。

一下起雨来这大泥坑子白亮亮地涨得溜溜地满，

涨到两边的人家的墙根上去了，把人家的墙根给淹没了。来往过路的人，一走到这里，就像在人生的路上碰到了打击。是要奋斗的，卷起袖子来，咬紧了牙根，全身的精力集中起来，手抓着人家的板墙，心脏扑通扑通地跳，头不要晕，眼睛不要花，要沉着迎战。

偏偏那人家的板墙造得又非常地平滑整齐，好像有意在危难的时候不帮人家的忙似的，使那行路人不管怎样巧妙地伸出手来，也得不到那板墙的怜悯，东抓抓不着什么，西摸也摸不到什么，平滑得连一个疤拉节子也没有，这可不知道是什么山上长的木头，长得这样完好无缺。

挣扎了五六分钟之后，总算是过去了。弄得满头流汗，满身发烧，那都不说。再说那后来的人，依法炮制，那花样也不多，也只是东抓抓，西摸摸。弄了五六分钟之后，又过去了。

一过去了可就精神饱满，哈哈大笑着，回头向那后来的人，向那正在艰苦阶段上奋斗着的人说：

“这算什么，一辈子不走几回险路那不算英雄。”

人们喊着号令，好像造房子或是架桥梁似的，
把马抬出来了。

喜剧的要素是生活现象和生活实质、生活目的之间的矛盾。在这个意义上说，喜剧中的生活是作为对本身的否定而呈现的。（《别林斯基论文学》）

可也不然，也不一定都是精神饱满的，而大半是被吓得脸色发白。有的虽然已经过去了多时，还是不能够很快地抬起腿来走路，因为那腿还在打颤。

这一类胆小的人，虽然是险路已经过去了，但是心里边无由地生起来一种感伤的情绪，心里颤抖抖的，好像被这大泥坑子所感动了似的，总要回过头来望一望，打量一会儿，似乎要有些话说。终于也没有说什么，还是走了。

有一天，下大雨的时候，一个小孩子掉下去，让一个卖豆腐的救了上来。

救上来一看，那孩子是农业学校校长的儿子。

于是议论纷纷了，有的说是因为农业学堂设在庙里边，冲了龙王爷了，龙王爷要降大雨淹死这孩子。

有的说不然，完全不是这样，都是因为这孩子的父亲的关系。他父亲在讲堂上指手画脚地讲，讲给学生们说，说这天下雨不是在天上的龙王爷下的雨，他说没有龙王爷。你看这不把龙王爷活活地气死，他这口气哪能不出呢？所以就抓住了他的儿子来实行因果报应了。

有的说，那学堂里的学生也太不像样了，有的爬上了老龙王的头顶，给老龙王去戴了一个草帽。这是什么年头，一个毛孩子就敢惹这么大的祸，老龙王怎么会不报应呢？看着吧，这还不能算了事，你想龙王爷并不是白人呵！

你若惹了他，他可能够饶了你？那不像对付一个拉车的、卖菜的，随便地踢他们一脚就让他们去。那是龙王爷呀！龙王爷还是惹得的吗？

有的说，那学堂的学生都太不像样了，他说他亲眼看见过，学生们拿了蚕放在大殿上老龙王的手上。你想老龙王哪能够受得了。有的说，现在的学堂太不好了，有孩子是千万上不得学堂的，一上了学堂就天地人鬼神不分了。

有的说，他要到学堂把他的儿子领回来，不让他念书了。

有的说，孩子在学堂里念书，是越念越坏，比方吓掉了魂，他娘给他叫魂的时候，你听他说什么？他说这叫迷信。你说再念下去那还了得吗？

说来说去，越说越远了。

过了几天，大泥坑子又落下去了，泥坑两岸的行人通行无阻。

再过些日子不下雨，泥坑子就又有点像要干了。这时候，又有车马开始在上面走，又有车子翻在上面，又有马倒在泥中打滚，又是绳索棍棒之类的，往外抬马，被抬出去的赶着车子走了，后来的，陷进去，再抬。

一年之中抬车抬马，在这泥坑子上不知抬了多少次，可没有一个人说把泥坑子用土填起来不就好了吗？没有一个。

有一次一个老绅士在泥坑涨水时掉在里边了。一爬出来，他就说：

“这街道太窄了，去了这水泡子连走路的地方都没有了。这两边的院子，怎么不把院墙拆了让出一块来？”

他正说着，板墙里边，就是那院中的老太太搭了言。她说院墙是拆不得的，她说最好种树，若是沿着墙根种上一排树，下起雨来人就可以攀着树过去了。

说拆墙的有，说种树的有，若说用土把泥坑来填平的，一个人也没有。

瘟猪肉

这泥坑子里边淹死过小猪，用泥浆闷死过狗，闷死过猫，鸡和鸭也常常死在这泥坑里边。

原因是这泥坑上边结了层硬壳，动物们不认识那硬壳下面就是陷阱，等晓得了可也就晚了。它们跑着或是飞着，等往那硬壳上一落可就再也站不起来了。白天还好，或者有人又要来施救。夜晚可就没有办法了。它们自己挣扎，挣扎到没有力量的时候就很自然地沉下去了，其实也或者越挣扎越沉下去得快。有时至死也还不沉下去的事也有。若是那泥浆的密度过高的时候，就有这样的事。

比方肉上市，忽然卖便宜猪肉了，于是大家就想起那泥坑子来了，说：

“可不是那泥坑子里边又淹死了猪了？”

说着若是腿快的，就赶快跑到邻人的家去，告诉邻居：

“快去买便宜肉吧，快去吧，快去吧，一会儿没有了。”

等买回家来才细看一番，似乎有点不大对，怎么这肉又紫又青的！可不要是瘟猪肉。

但是又一想，哪能是瘟猪肉呢，一定是那泥坑子淹死的。

于是煎、炒、蒸、煮，家家都吃起便宜猪肉来。虽然吃起来了，但就总觉得不大香，怕还是瘟猪肉。

可是又一想，瘟猪肉怎么可以吃得，那么还是泥坑子淹死的吧！

本来这泥坑子一年只淹死一两只猪，或两三口猪，有几年还连一个猪也没有淹死。至于居民们常吃淹死的猪肉，这可不知是怎么一回事，真是龙王爷晓得。

虽然吃的自己说是泥坑子淹死的猪肉，但也有吃了病的，那吃病了的就大发议论说：

“就是淹死的猪肉也不应该抬到市上去卖，死猪肉终究是不新鲜的，税局子是干什么的，让大街上，在光天化日之下就卖起死猪肉来？”

那也是吃了死猪肉的，但是尚且没有病的人说：

“话可也不能是那么说，一定是你疑心，你三心二意地吃下去还会好？你看我们也一样地吃了，可怎么没病？”

间或也有小孩子太不知时务，他说他妈不让他吃，说那是瘟猪肉。

这样的孩子，大家都不喜欢。大家都用眼睛瞪着他，说他：

“瞎说，瞎说！”

有一次一个孩子说那猪肉一定是瘟猪肉，并且是当着母亲的面向邻人说的。

那人听了倒并没有坚决地表示什么，可是他的母亲的脸立刻就红了，伸出手去就打了那孩子。

那孩子很固执，仍是说：

“是瘟猪肉嘛！是瘟猪肉嘛！”

母亲实在难为情起来，就拾起门旁的烧火的叉子，向着那孩子的肩膀就打了过去。于是孩子一边哭着一边跑回家里去了。

一进门，炕沿上坐着外祖母，那孩子一边哭着一边扑到外祖母的怀里说：

“姥姥，你吃的不是瘟猪肉吗？我妈打我。”

外祖母对这打得可怜的孩子本想安慰一番，但是一抬头看见了同院的老李家的奶妈站在门口往里看。

于是外祖母就掀起孩子后衣襟来，用力地在孩子的屁股上啪啪地打起来，嘴里还说着：“谁让你这么一点你就胡说八道！”

直打到李家的奶妈抱着孩子走了才算完事。

那孩子哭得一塌糊涂，什么“瘟猪肉”不“瘟猪肉”的，哭得也说不清了。

总共这泥坑子施给当地居民的福利有两条：

第一条：常常抬车抬马，淹鸡淹鸭，闹得非常热闹，可使居民说长道短，得以消遣。

第二条就是这猪肉的问题了，若没有这泥坑子可怎么吃瘟猪肉呢？吃是可以吃的，但是可怎么说法呢？真正说是吃的瘟猪肉，岂不太不讲卫生了吗？有这泥坑子可就好办，可以使瘟猪变成淹猪，居民们买起肉来，第一经济，第二也不算什么不卫生。

女疯子

东二道街除了大泥坑子这番盛举之外，再就没有什么了。也不过是几家碾磨房，几家豆腐店，也有一两家机房，也许有一两家染布匹的染缸房，这个也不过是自己默默地在那里做着自己的工作，没有什么可以使别人开心的，也不能招来什么议论。那里边的人都是天黑了就睡觉，天亮了就起来工作。一年四季，春暖花开、秋雨冬雪，也不过是随着季节穿起棉衣来、脱下单衣去地过着。生老病死也都是一声不响地默默地办理。

比方就是东二道街南头，那卖豆芽菜的王寡妇吧：她在房脊上插了一个很高的杆子，杆子头上挑着一个破筐。因为那杆子很高，差不多和龙王庙的铁马铃子一般高了。来了风，庙上的铃子格棱格棱地响。王寡妇的破筐子虽是它不会响，但是它也会东摇西摆地作着态。

就这样一年一年地过去，王寡妇一年一年地卖着豆芽菜，平静无事，过着安详的日子，忽然有一年夏天，她的独子到河边去洗澡，掉河里淹死了。

这事情似乎轰动了一时，家传户晓，可是不久也就平静下去了。不但邻人、街坊，就是她的亲戚朋友也都把这回事情忘记了。

再说那王寡妇，虽然她从此以后就疯了，但她到底还晓得卖豆芽菜，她仍还静静地活着，虽然偶尔她的菜被偷了，在大街上或是在庙台上狂哭一场，但一哭过了之后，她还是平平静静地活着。

至于邻人街坊们，或是过路人看见了她在庙台上哭，也会引起一点恻隐之心来的，不过为时甚短罢了。

还有人们常常喜欢把一些不幸者归划在一起，比如疯子、傻子之类，都一律去看待。

哪个乡、哪个县、哪个村都有些个不幸者，瘸子啦，瞎子啦，疯子或是傻子。

呼兰河这城里，就有许多这一类的人。人们关于他们都似乎听得多、看得多，也就不以为奇了。偶尔在庙台上或是大门洞里不幸遇到了一个，刚想多少加一点恻隐之心在那人身上，但是一转念，人间这样的人多着哩！于是转过眼睛去，三步两步地就走过去了。即或有人停下来，也不过是和那些毫没有记性的小孩子似的，向那疯子投一个石子，或是做着把瞎子故意领到水沟里边去的事情。

一切不幸者，就都是叫化子，至少在呼兰河这城里边是这样。

人们对待叫化子们是很平凡的。

门前聚了一群狗在咬，主人问：

“咬什么？”

仆人答：

“咬一个讨饭的。”

说完了也就完了。

可见这讨饭人的活着是一钱不值了。

卖豆芽菜的女子，虽然她疯了还忘不了自己的悲哀，隔三差五地还到庙台上去哭一场，但是一哭完了，仍是得回家去吃饭、睡觉、卖豆芽菜。

她仍是平平静静地活着。

卖麻花的

呼兰河城里，除了东二道街、西二道街、十字街之外，再就都是些个小胡同了。

小胡同里边更没有什么了，就连打烧饼麻花的店铺也不大有，就连卖红绿糖球的小床子，也都是摆在街口上去，很少有摆在小胡同里边的。那些住在小街上的人家，一天到晚看不见多少闲散杂人。耳听的眼看的，都比较地少，所以整天寂寂寞寞的，关起门来在过着生活。破草房有上半间，买上二斗豆子，煮一点盐豆下饭吃，就是一年。

在小街上住着，又冷清、又寂寞。

一个提篮子卖烧饼的，从胡同的东头喊，胡同向西头都听到了。虽然不买，若走谁家的门口，谁家的人都是把头探出来看看，间或有问一问价钱的，问一问糖麻花和油麻花现在是不是还卖着前些日子的价钱。

间或有人走过去掀开了筐子上盖着的那张布，好像要买似的，拿起一个来摸一摸是否还是热的。

摸完了也就放下了，卖麻花的也绝对地不生气。

于是又提到第二家的门口去。

第二家的老太婆也是在闲着，于是就又伸出手来，打开筐子，摸了一回。

摸完了也是没有买。

等到了第三家，这第三家可要买了。

一个三十多岁的女人，刚刚睡午觉起来，她的头顶上梳着一个卷，大概头发不怎样整齐，发卷上罩着一个用大黑珠线织的网子，网子上还插了不少的疙瘩针。可是因为这一睡觉，不但头发乱了，就是那些疙瘩针也都跳出来了，好像这女人的发卷上被射了不少的小箭头。

她一开门就很爽快，把门扇呱嗒地往两边一分，她就从门里闪出来了。随后就跟出来五个孩子。这五个孩子也都个个爽快。像一个小连队似的，一排就排好了。

第一个是女孩子，十二三岁，伸出手来就拿了一个五吊钱一只的竹筷子长的大麻花。她的眼光很迅速，这麻花在这筐子里的确是最大的，而且就只有这一个。

第二个是男孩子，拿了一个两吊钱一只的。

第三个也是拿了个两吊钱一只的。也是个男孩子。

第四个看了看，没有办法，也只得拿了一个两吊钱的。也是个男孩子。

轮到第五个了，这个可分不出来是男孩子，还是女孩子。头是秃的，一只耳朵上挂着钳子，瘦得好像个干柳条，肚子可特别大。看样子也不过五岁。

一伸手，他的手就比其余的四个的都黑得更厉害，其余的四个，虽然他们的手也黑得够厉害，但总还认得出来那是手，而不是别的什么，唯有他的手是连认也认不出来了。说是手吗，说是什么呢，说什么都行。完全起着黑的灰的、深的浅的各种的云层。看上去，好像看隔山照似的，有无穷的趣味。

他就用这手在筐子里边挑选，几乎是每个都让他摸过了，不一会工夫，全个的筐子都让他翻遍了。本来这筐子虽大，麻花也并没有几只。除了一个顶大的之外，其余小的也不过十来只，经了他这一翻，可就完全遍了。弄了他满手是油，把那小黑手染得油亮油亮的，黑亮黑亮的。

而后他说：

“我要大的。”

于是就在门口打了起来。

他跑得非常之快，他去追着他的姐姐。他的第二个哥哥，他的第三个哥哥，也都跑了上去，都比他跑得更快。再说他的大姐，那个拿着大麻花的女孩，她跑得更快到不能想象了。已经找到一块墙的缺口的地方，跳了出去，后边的也就跟着一溜烟地跳过去。等他们刚一追着跳过去，那大孩子又跳回来了。在院子里跑成了一阵旋风。

那个最小的、不知是男孩子还是女孩子的，早已追不上了。落在后边，在号陶大哭。间或也想拣一点儿便宜，那就是当他的两个哥哥把他的姐姐已经扭住的时候，他就趁机会想要从中抢他姐姐手里的麻花。可是几次都没有做到，于是又落在后边号陶大哭。

他们的母亲，虽然是很威风的样子，但是不动手是招呼不住他们的。母亲看了这样子也还没有个完了，就进屋去，拿起烧火的铁叉子来，向着她的孩子就奔去了。不料院子里有一个小泥坑，是猪在里打腻的地方。她恰好就跌在泥坑那儿了，把叉子跌出去五尺多远。

于是这场戏才算达到了高潮，看热闹的人没有不笑的，没有不称心愉快的。

就连那卖麻花的人也看出神了，当那女人坐到泥坑中把泥花四边溅起来的时候，那卖麻花的差一点没把筐子掉了地下。他高兴极了，他早已经忘了他手里的筐子了。

至于那几个孩子，则早就不见了。

等母亲起来去把他们追回来的时候，那做母亲的这回可发了威风，让他们一个一个地向着太阳跪下，在院子里排起一小队来，把麻花一律地解除。

顶大的孩子的麻花没有多少了，完全被撞碎了。

第三个孩子的已经吃完了。

第二个的还剩了一点点。

只有第四个的还拿在手上没有动。

第五个，不用说，根本没有拿在手里。

闹到结果，卖麻花的和那女人吵了一阵之后提着筐子又到另一家去叫卖去了。他和那女人所吵的是关于那第四个孩子手上拿了半天的麻花又退回了的问题，卖麻花的坚持着不让退，那女人又非退回不可，结果是付了三个麻花的钱，就把那提篮子的人赶了出来了。

为着麻花而下跪的五个孩子不提了。再说那一进胡同口就被挨家摸索过来的麻花，被提到另外的胡同里去，倒底也卖掉了。

一个已经脱完了牙齿的老太太买了其中的一个，用纸裹着拿到屋子去了。她一边走着一边说：

“这麻花真干净，油亮亮的。”

而后招呼了她的小孙子，快来吧。

那卖麻花的人看了老太太很喜欢这麻花，于是就又说：

“是刚出锅的，还热乎着哩！”

卖豆腐的

过去了卖麻花的，后半天，也许又来了卖凉粉的，也是一在胡同口的这头喊，那头就听到了。

要买的拿着小瓦盆出去了。不买的坐在屋子一听这卖凉粉的一招呼，就知道是应烧晚饭的时候了。因为这凉粉一整个的夏天都是在太阳偏西，他就来的，来得那么准，就像时钟一样，到了四五点钟他必来的。就像他卖凉粉专门到这一条胡同来卖似的。似乎在别的胡同里就没有为着多卖几家而耽误了这一定的时间。

卖凉粉的一过去了。一天也就快黑了。

打着拨浪鼓的货郎，一到太阳偏西，就再不进到小巷子里来，就连僻静的街他也不去了，他担着担子从大街口走回家去。

卖瓦盆的，也早都收市了。

拣绳头的，换破烂的，也都回家去了。

只有卖豆腐的则又出来了。

晚饭时节，吃了小葱蘸大酱就已经很可口了，若外加上一块豆腐，那真是锦上添花，一定要多浪费两碗苞米大芸豆粥的。一吃就吃多了，那是很自然的，豆腐加上点辣椒油，再拌上点大酱，那是多么可口的东西；用筷子触了一点点豆腐，就能够吃下去半碗饭，再到豆腐上去触了一下，一碗饭就完了。因为豆腐而多吃两碗饭，并不算吃得多，没有吃过的人，不能够晓得其中的滋味的。

所以卖豆腐的人来了，男女老幼，全都欢迎。打开门来，笑盈盈的虽然不说什么，但是彼此有一种融洽的感情，默默生了起来。

似乎卖豆腐的在说：

“我的豆腐真好！”

似乎买豆腐的回答：

“你的豆腐果然不错。”

买不起豆腐的人对那卖豆腐的，就非常地羡慕，一听了那从街口越招呼越近的声音就特别地感到诱惑，假若能吃一块豆腐可不错，切上一点青辣椒，拌上一点小葱子。

但是天天这样想，天天就没有买成。卖豆腐的一来，就把这等人白白地引诱一场，于是那被诱惑的人，仍然逗不起决心，就多吃几口辣椒，辣得满头是汗。他想假若一个人开了一个豆腐房可不错，那就可以自由随便地吃豆腐了。

果然，他的儿子长到五岁的时候，问他：

“你长大了干什么？”

五岁的孩子说：

“开豆腐房。”

这显然要继承他父亲未遂的志愿。

关于豆腐这美妙的一盘菜的爱好，竟还有甚于此的，竟有想要倾家荡产的。传说上，有这样的一个家长，他下了决心，他说：

“不过了，买一块豆腐吃去！”

这“不过了”的三个字，用旧的语言来翻译，就是毁家纾难的意思；用现代的话来说，就是：“我破产了！”

火烧云

卖豆腐的一收了市，一天的事情都完了。

家家户户都把晚饭吃过了。吃过了晚饭，看晚霞的看晚霞，不看晚霞的躺到炕上去睡觉的也有。

这地方的晚霞是很好看的，有一个土名，叫火烧云。说“晚霞”人们不懂，若一说“火烧云”，就连三岁的孩子也会呀呀地往西天空里指给你看。

晚饭一过，火烧云就上来了。照得小孩子的脸是红的。把大白狗变成红色的狗了。红公鸡就变成金的了。黑母鸡变成紫檀色的了。喂猪的老头子，往墙根上靠，他笑盈盈地看着他的两匹小白猪，变成小金猪了，他刚想说：

“他妈的，你们也变了……”

他的旁边走来了一个乘凉的人，那人说：

“你老人家必要高寿，你老是金胡子了。”

天空的云，从西边一直烧到东边，红堂堂的，好像是天着了火。

这地方的火烧云变化极多，一会红堂堂的了，一会金洞洞的了，一会半紫半黄的，一会半灰半百合色。葡萄灰、大黄梨、紫茄子，这些颜色天空上边都有。还有些说也说不出来的、见也未曾见过的诸多种的颜色。

五秒钟之内，天空里有一匹马，马头向南，马尾向西，那马是跪着的，像是在等着有人骑到它的背上，它才站起来。再过一秒钟，没有什么变化。再过两三秒钟，那匹马加大了，马腿也伸开了，马脖子也长了，

但是一条马尾巴却不见了。

看的人，正在寻找马尾巴的时候，那马就变靡了。

忽然又来了一条大狗，这条狗十分凶猛，它在前边跑着，它的后面似乎还跟了好几条小狗仔。跑着跑着，小狗就不知跑到哪里去了，大狗也不见了。

又找到了一个大狮子，和娘娘庙门前的大石头狮子一模一样的，也是那么大，也是那样地蹲着，很威武的，很镇静地蹲着，它表示着蔑视一切的样子，似乎眼睛连什么也不睬。看着看着地，一不谨慎，同时又看到了别一个什么。这时候，可就麻烦了，人的眼睛不能同时又看东，又看西。这样子会活活把那个大狮子糟蹋了。一转眼，一低头，那天空的东西就变了。若是再找，怕是看瞎了眼睛也找不到了。

大狮子既然找不到，另外的那什么，比方就是一个猴子吧，猴子虽不如大狮子，可同时也没有了。

一时恍恍惚惚地，满天空里又像这个，又像那个，其实是什么也不像，什么也没有了。

必须是低下头去，把眼睛揉一揉，或者是沉静一会再来看。

可是天空偏偏又不常常等待着那些爱好它的孩子。一会儿工夫火烧云下去了。

于是孩子们困倦了，回屋去睡觉了。竟有还没能来得及进屋的，靠在姐姐的腿上，或者是依在祖母的怀里就睡着了。

祖母的手里，拿着白马鬃的蝇甩子，就用蝇甩子给他驱逐着蚊虫。

祖母还不知道这孩子是已经睡了，还以为他在那里玩着呢！

“下去玩一会儿去吧！把奶奶的腿压麻了。”

用手一推，这孩子已经睡得摇摇晃晃的了。

这时候，火烧云已经完全下去了。

于是家家户户都进屋去睡觉，关起窗门来。

呼兰河这地方，就是在六月里也是不十分热的，夜里总要盖着薄棉被睡觉。

等黄昏之后的乌鸦飞过时，只能够隔着窗子听到那很少的尚未睡的孩子在嚷叫：

“乌鸦乌鸦你打场，给你二斗粮……”

那漫天盖地的一群黑乌鸦，呱呱地大叫着，在整个的县城的头顶上飞过去了。

据说飞过了呼兰河的南岸，就在一个大树林子里边住下了。明天早晨起来再飞。

夏秋之间每夜要过乌鸦，究竟这些成百成千的乌鸦过到哪里去，孩子们是不大晓得的，大人们也不大讲给他们听。

只晓得念这套歌，“乌鸦乌鸦你打场，给你二斗粮。”

究竟给乌鸦二斗粮做什么，似乎不大有道理。

自然的结果

乌鸦一飞过，这一天才真正地过去了。

因为大昴星升起来了，大昴星好像铜球似的亮晶晶的了。

天河和月亮也都上来了。

蝙蝠也飞起来了。

凡是跟着太阳一起来的，现在都回去了。人睡了，猪、马、牛、羊也都睡了，燕子和蝴蝶也都不飞了。

就连房根底下的牵牛花，也一朵没有开的。含苞的含苞，卷缩的卷缩。含苞的准备着欢迎那早晨又要来的太阳，那卷缩的，因为它已经在昨天欢迎过了，它要落去了。

随着月亮上来的星夜，大昴星也不过是月亮的一个马前卒，让它先跑到一步就是了。

夜一来蛤蟆就叫，在河沟里叫，在洼地里叫。虫子也叫，在院心草窠子里，在城外的大田上，有的叫在人家的花盆里，有的叫在人家的坟头上。

夏夜若无风无雨就这样地过去了，一夜又一夜。

很快地夏天就过完了，秋天就来了。秋天和夏天的分别不太大，也不过天凉了，夜里非盖着被子睡觉不可，种田的人白天忙着收割、夜里多做几个割高粱的梦就是了。

女人一到了八月也不过就是浆衣裳、拆被子、捶棒槌，捶得街街巷巷早晚地叮叮地乱响。

“棒槌”一捶完，做起被子来，就是冬天。

冬天下雪了。

人们四季里，风、霜、雨、雪地过着，霜打了，雨淋了。大风来时是飞沙走石，似乎是很了不起的样子。冬天，大地被冻裂了，江河被冻住了。再冷起来，江河也被冻得锵锵地响着裂开了纹。冬天，冻掉了人的耳朵……破了人的鼻子……裂了人的手和脚。

但这是大自然的威风，与小民们无关。

呼兰河的人们就是这样，冬天来了就穿棉衣裳，夏天来了就穿单衣裳。就好像太阳出来了就起来，太阳落了就睡觉似的。

被冬天冻裂了手指的，到了夏天也自然就好了。好不了的，“李永春”药铺，去买二两红花，泡一点红花酒来擦一擦，擦得手指通红也不见消，也许就越来越肿起来。那么再到“李永春”药铺去，这回可不买红花了，是买了一贴膏药来。回到家里，用火一烤，黏黏糊糊地就贴在冻疮上了。这膏药是真好，贴上了一点也不碍事。该赶车的去赶车，该切菜的去切菜。黏黏糊糊地是真好，见了水也不掉，该洗衣裳的洗衣裳去好了。就是掉了，拿在火上再一烤，就还贴得上的。一贴，贴了半个月。

呼兰河这地方的人，什么都讲结实、耐用，这膏药这样地耐用，实在是合乎这地方的人情。虽然是贴了半个月，手也还没有见好，但这膏药总算是耐用，没有白花钱。

于是再买一贴去，贴来贴去，这手可就越肿越大了。还有些买不起膏药的，就拣人家贴乏了的来贴。

到后来，那结果，谁晓得是怎样呢，反正一塌糊涂去了吧。

春夏秋冬，一年四季来回循环地走，那是自古也就这样的了。风霜雨雪，受得住的就过去了，受不住的，就寻求着自然的结果。那自然的结果不大好，把一个人默默地、一声不响地就拉着离开了这人间的世界了。

至于那还没有被拉去的，就风霜雨雪，仍旧在人间被吹打着。

祖父的园子

呼兰河这小城里住着我的祖父。

我生的时候，祖父已经六十多岁了，我长到四五岁，祖父就快七十了。

我家有一个大花园，这花园里蜂子、蝴蝶、蜻蜓、蚂蚱，样样都有。蝴蝶有白蝴蝶、黄蝴蝶。这种蝴蝶极小，不太好看。好看的是大红蝴蝶，满身带着金粉。

蜻蜓是金的，蚂蚱是绿的，蜂子则嗡嗡地飞着，满身绒毛，落到一朵花上，胖圆圆地就和一个小毛球似的不动了。

花园里边明晃晃的，红的红，绿的绿，新鲜漂亮。

据说这花园，从前是一个果园。祖母喜欢吃果子就种了果园。祖母又喜欢养羊，羊就把果树给啃了。果树于是都死了。到我有记忆的时候，园子里就只有一棵樱桃树，一棵李子树，因为樱桃和李子都不大结果子，所以觉得它们是并不存在的。小的时候，只觉得园子里边就有一棵大榆树。

这榆树在园子的西北角上，来了风，这榆树先啸，来了雨，大榆树先就冒烟了。太阳一出来，大榆树的叶子就发光了，它们闪烁得和沙滩上的蚌壳一样了。

祖父一天都在后园里边，我也跟着祖父在后园里边。祖父戴一个大草帽，我戴一个小草帽，祖父栽花，我就栽花；祖父拔草，我就拔草。当祖父下种，种小白菜的时候，我就跟在后边，把那下了种的土窝，用脚一个一个地溜平，哪里会溜得准，东一脚西一脚地瞎闹。有的不单没把菜种盖上，反而把它踢飞了。

小白菜长得非常之快，没有几天就冒了芽了，一转眼就可以拔下来吃了。

祖父铲地，我也铲地。因为我太小，拿不动那锄头杆，祖父就把锄头杆拔下来，让我单拿着那个锄头的“头”来铲。其实哪里是铲，也不过爬在地上，用锄头乱勾一阵就是了。也认不得哪个是苗，哪个是草。往往把韭菜当作野草一起地割掉，把狗尾草当作谷穗留着。

等祖父发现我铲的那块满留着狗尾草的一片，他就问我：

“这是什么？”

我说：

“谷子。”

祖父大笑起来，笑得够了，把草摘下来问我：

“你每天吃的就是这个吗？”

我说：

“是的。”

我看着祖父还在笑，我就说：

“你不信，我到屋里拿来你看。”

我跑到屋里拿了鸟笼上的一头谷穗，远远地就抛给祖父了。说：

“这不是一样的吗？”

祖父慢慢地把我叫过去，讲给我听，说谷子是有芒针的。狗尾草则没有，只是毛嘟嘟的真像狗尾巴。

祖父虽然教我，我看了也并不细看，也不过马马虎虎承认下来就是了。一抬头看见了一个黄瓜长大了，跑过去摘下来，我又去吃黄瓜去了。

黄瓜也许没有吃完，又看见了一个大蜻蜓从旁飞过，于是丢了黄瓜又去追蜻蜓去了。蜻蜓飞得多么快，哪里会追得上。好在一开初也没有存心一定追上，所以站起来，跟了蜻蜓跑了几步就又去做别的去了。

采一个倭瓜花心，捉一个大绿豆青蚂蚱，把蚂蚱腿用线绑上，绑了一会儿，也许把蚂蚱腿就绑掉，线头上只拴了一只腿，而不见蚂蚱了。

玩腻了，又跑到祖父那里去乱闹一阵，祖父浇菜，我也抢过来浇，奇怪的就是并不往菜上浇。而是拿着水瓢，拼尽了力气，把水往天空里一扬，大喊着：

“下雨了，下雨了。”

太阳在园子里是特大的，天空是特别高的，太阳的光芒四射，亮得使人睁不开眼睛，亮得蚯蚓不敢钻出地面来，蝙蝠不敢从什么黑暗的地方飞出来。是凡在太阳下的，都是健康的、漂亮的，拍一拍连大树都会发响的，叫一叫就是站在对面的土墙都会回答似的。

花开了，就像花睡醒了似的。鸟飞了，就像鸟上天了似的。虫子叫了，就像虫子在说话似的。一切都活了。都有无限的本领，要做什么，就做什么。要怎么样，就怎么样。都是自由的。倭瓜愿意爬上架就爬上架，愿意爬上房就爬上房。黄瓜愿意开一朵谎花，就开一朵谎花，愿意结一个黄瓜，就结一个黄瓜。若都不愿意，就是一个黄瓜也不结，一朵花也不开，也没有人问它。玉米愿意长多高就长多高，它若愿意长上天去，也没有人管。蝴蝶随意地飞，一会从墙头上飞来一对黄蝴蝶，一会又从墙头上飞走了一个白蝴蝶。它们是从谁家来的，又飞到谁家去？太阳也不知道花开了，就像花睡醒了似的。鸟飞了，就像鸟上天了似的。虫子叫了，就像虫子在说话似的。

萧红作品提供了真正美学意义上的“童心世界”，寂寞的童心世界，是一种混茫的世界感受、生活感受，更近于整体性的世界感受，那是她作品中最有光彩的世界。（赵园《论小说十家》摘要）

这个。

只是天空蓝悠悠的，又高又远。

可是白云一来了的时候，那大团的白云，好像洒了花的白银似的，从祖父的头上经过，好像要压到了祖父的草帽那么低。

我玩累了，就在房子底下找个阴凉的地方睡着了。不用枕头，不用席子，把草帽遮在脸上就睡了。

玫瑰花

祖父的眼睛是笑盈盈的，祖父的笑，常常笑得和孩子似的。

祖父是个长得很高的人，身体很健康，手里喜欢拿着个手杖。嘴上则不住地抽着旱烟管，遇到了小孩子，每每喜欢开个玩笑，说：

“你看天空飞个家雀。”

趁那孩子往天空一看，就伸出手去把那孩子的帽给取下来了，有的时候放在长衫的下边，有的时候放在袖口里头。他说：

“家雀叼走了你的帽啦。”

孩子们都知道了祖父的这一手了，并不以为奇，就抱住他的大腿，向他要帽子，摸着他的袖管，撕着他的衣襟，一直到找出帽子来为止。

祖父常常这样做，也总是把帽放在同一的地方，总是放在袖口和衣襟下。那些搜索他的孩子没有一次不是在他衣襟下把帽子拿出来的，好像他和孩子们约定了似的：“我就放在这块儿，你来找吧！”

这样不知做过了多少次，就像老太太永久讲着“上山打老虎”这一个故事给孩子们听似的，哪怕是已经听过了五百遍，也还是在那里回回拍手，回回叫好。

每当祖父这样做一次的时候，祖父和孩子们都一齐地笑得不得了。好像这戏还是第一次演似的。

别人看了祖父这样做，也有笑的，可不是笑祖父的手法好，而是笑他天天使用一种方法抓掉了孩子的帽子，这未免可笑。

祖父不怎样会理财，一切家务都由祖母管理。祖父只是自由自在地一天闲着；我想，幸好我长大了，我三岁了，不然祖父该多寂寞。我会走了，我会跑了。我走不动的时候，祖父就抱着我；我走动了，祖父就拉着我。一天到晚，门里门外，寸步不离，而祖父多半是在后园里，于是我也在后园里。

……

祖父一天到晚是闲着的，祖母什么工作也不分配给他。只有一件事，就是祖母的地榇上的摆设，有一套锡器，却总是祖父擦的。这可不知道是祖母派给他的，还是他自动地愿意工作。每当祖父一擦的时候，我就不高兴，一方面是不能领着我到后园里去玩了，另一方面祖父因此常常挨骂，祖母骂他懒，骂他擦得不干净。祖母一骂祖父的时候，就常常不知为什么连我也骂上。

祖母一骂祖父，我就拉着祖父的手往外边走，一边说："我们后园里去吧。"

也许因此祖母也骂了我。

她骂祖父是“死脑瓜骨”，骂我是“小死脑瓜骨”。

我拉着祖父就到后园里去了，一到了后园里，立刻就另是一个世界了。决不是那房子里的狭窄的世界，而是宽广的，人和天地在一起，天地是多么大，多么远，用手摸不到天空。而土地上所长的又是那么繁华，一眼看上去，是看不完的，只觉得眼前鲜绿的一片。

一到后园里，我就没有对象地奔了出去，好像我是看准了什么而奔去了似的，好像有什么在那儿等着我似的。其实我是什么目的也没有。只觉得这园子里边无论什么东西都是活的，好像我的腿也非跳不可了。

若不是把全身的力量跳尽了，祖父怕我累了想招呼住我，那是不可能的，反而他越招呼，我越不听话。

等到自己实在跑不动了，才坐下来休息，那休息也是很快的，也不过随便在秧子上摘下一个黄瓜来，吃了也就好了。

休息好了又是跑。

樱桃树，明是没有结樱桃，就偏跑到树上去找樱桃。李子树是半死的样子了，本不结李子的，就偏去找李子。一边在找，还一边大声地喊，在问着祖父：“爷爷，樱桃树为什么不结樱桃？”

祖父老远地回答着：“因为没有开花，就不结樱桃。”

再问：“为什么樱桃树不开花？”

祖父说：“因为你嘴馋，它就不开花。”

我一听了这后，明明是嘲笑我的话，于是就飞奔着跑到祖父那里，似乎是很生气的样子。等祖父把眼睛一抬，他用了完全没有恶意的眼睛一看我，我立刻就笑了。而且是笑了半天的工夫才能够止住，不知哪里来了那许多的高兴。后园一时都让我搅乱了，我笑的声音不知有多大，自己都感到震耳了。

后园中有一棵玫瑰。一到五月就开花的，一直开到六月。花朵和酱油碟那么大，开得很茂盛，满树都是，因为花香，招来了很多的蜂子，嗡嗡地在玫瑰树那儿闹着。

别的一切都玩厌了的时候，我就想起来去摘玫瑰花，摘了一大堆，把草帽脱下来用帽兜子盛着。在摘那花的时候，有两种恐惧，一种是怕蜂子的勾刺人，另一种是怕玫瑰的刺刺手。好不容易摘了一大堆，摘完了可又不知道做什么了。忽然异想天开，这花若给祖父戴起来该多好看。

祖父蹲在地上拔草，我就给他戴花。祖父只知道我是在捉弄他的帽子，而不知道我到底是在干什么。我把他的草帽给他插了一圈的花，红通通的二三十朵。我一边插着一边笑，当我听到祖父说：

“今年春天雨水大，咱们这棵玫瑰开得这么香。二里路怕也闻得到的。”

就把我笑得哆嗦起来。我几乎没有支持的能力再插上去。等我插完了，祖父还是安然地不晓得。他还照样地拔着垅上的草。我跑得很远地站着，我不敢往祖父那边看，一看就想笑。所以我借机进屋去找一点吃的来，还没有等我回到园中，祖父也进屋来了。

那满头红通通的花朵，一进来祖母就看见了。她看见什么也没说，就大笑了起来。父亲、母亲也笑了起来，而以我笑得最厉害，我在炕上打着滚笑。

祖父把帽子摘下来一看，原来那玫瑰的香并不是因为今年春天雨水大的缘故，而是那花就顶在他的头上。

他把帽子放下，他笑了十多分钟还停不住，过一会一想起来，又笑了。

祖父刚有点忘记了，我就在旁边提着说：

“爷爷……今年春天雨水大呀……”

一提起，祖父的笑就来了。于是我也在炕上打起滚来。

就这样一天一天地，祖父、后园、我，这三样是一样也不可缺少的了。

刮了风，下了雨，祖父不知怎样，在我却是非常寂寞的了。去没有去处，玩没有玩的，觉得这一天不知有多少日子那么长。

记忆的第一个冬天

偏偏这后园每年都要封闭一次的，秋雨之后这花园就开始凋零了，黄的黄、败的败，很快一切花朵都灭了，好像有人把它们摧残了似的。它们一齐都没有从前那么健康了，好像它们都很疲倦了，而要休息了似的，好像要收拾收拾回家去了似的。

大榆树也是落着叶子，当我和祖父偶尔在树下坐坐，树叶竟落在我的脸上来了。树叶飞满了后园。

没有多少时候，大雪又落下来了，后园就被埋住了。

通到园去的后门，也用泥封起来了，封得很厚，整个的冬天挂着白霜。

我家住着五间房子，祖母和祖父共住两间，母亲和父亲共住两间。祖母住的是西屋，母亲住的是东屋。

是五间一排的正房，厨房在中间，一齐是玻璃窗子、青砖墙、瓦房间。

祖母的屋子，一个是外间，一个是内间。外间里摆着大躺箱，地长桌，太师椅。椅子上铺着红椅垫，躺箱上摆着朱砂瓶，长桌上列着座钟。钟的两边站着帽筒。帽筒上并不挂着帽子，而插着几个孔雀翎。

我小的时候，就喜欢这个孔雀翎，我说它有金色的眼睛，总想用手摸一摸，祖母就一定不让摸，祖母是有洁癖的。

还有祖母的躺箱上摆着一个座钟，那座钟是非常稀奇的，画着一个穿着古装的大姑娘，好像活了似的，每当我到祖母屋去，若是屋子里没有人，她就总用眼睛瞪我，我几次地告诉过祖父，祖父说：

“那是画的，她不会瞪人。”

我一定说她是会瞪人的，因为我看得出来，她的眼珠像是会转。

还有祖母的大躺箱上也尽雕着小人，尽是穿古装衣裳的，宽衣大袖，还戴顶子，带着翎子。满箱子都刻着，大概有二三十个人，还有吃酒的、吃饭的、作揖的……

我总想要细看一看，可是祖母不让我沾边，我还离得很远的，她就说：

“可不许用手摸，你的手脏。”

祖母的内间里边，在墙上挂着一个很古怪很古怪的挂钟，挂钟的下边用铁链子垂着两穗铁苞米。铁苞米比真的苞米大了很多，看起来非常重，似乎可以打死一个人。再往那挂钟里边看就更稀奇古怪了，有一个小人，长得蓝眼珠，钟摆一秒钟就响一下，钟摆一响，那眼珠就同时一转。

那小人是黄头发，蓝眼珠，跟我相差太远，虽然祖父告诉我，说那是毛子人，但我不承认她，我看她不像什么人。

所以我每次看这挂钟，就半天半天地看，都看得有点发呆了。我想：这毛子人就总在钟里边呆着吗？永久也不下来玩吗？

外国人在呼兰河的土语叫作“毛子人”。我四五岁的时候，还没有见过一个毛子人，以为毛子人就是因为她的头发毛烘烘地卷着的缘故。

祖母的屋子除了这些东西，还有很多别的，因为那时候，别的我都不发生什么趣味，所以只记住了这三五样。

母亲的屋里，就连这一类的古怪玩意也没有了，都是些普通的描金柜，也是些帽筒、花瓶之类，没有什么好看的，我没有记住。

这五间房子的组织，除了四间住房一间厨房之外，还有极小的、极黑的两个小后房。祖母一个，母亲一个。

那里边装着各种各样的东西，因为是储藏室的缘故。

坛子罐子、箱子柜子、筐子篓子。除了自己家的东西，还有别人寄存的。

那里边是黑的，要端着灯进去才能看见。那里边的耗子很多，蜘蛛网也很多。空气不大好，永久有一种扑鼻的和药一样的气味。

我觉得这储藏室很好玩，随便打开哪一只箱子，里边一定有一些好看的东西，花丝线、各种色的绸条、香荷包、搭腰、裤腿、马蹄袖、绣花的领子。古香古色，颜色都配得特别地好看。箱子里边也常常有蓝翠的耳环或戒指，被我看见了，我一看见就非要一个玩不可，母亲就常常随手抛给我一个。

还有些桌子带着抽屉的，一打开那里边更有些好玩的东西，铜环、木刀、竹尺、观音粉。这些个都是我在别的地方没有看过的。而且这抽屉始终也不锁的。所以我常常随意地开，开了就把每样东西似乎是不加选择地都搜了出去，左手拿着木头刀，右手拿着观音粉，这里砍一下，那里画一下。后来我又得到了一个小锯，用这小锯，我开始毁坏起东西来，在椅子腿上锯一锯，在炕沿上锯一锯。我自己竟把我自己的小木刀也锯坏了。

无论吃饭和睡觉，我这些东西都带在身边，吃饭的时候，我就用这小锯锯着馒头。睡觉做起梦来还喊着：

“我的小锯哪里去了？”

储藏室好像变成我探险的地方了。我常常趁着母亲不在屋我就打开门进去了。这储藏室也有一个后窗，下半天也有一点亮光，我就趁着这亮光打开了抽屉。这抽屉已经被我翻得差不多的了，没有什么新鲜的了。翻了一会，觉得没有什么趣味了，就出来了。到后来连一块水胶，一段绳头都让我拿出来了，把五个抽屉通通拿空了。

除了抽屉还有筐子笼子，但那个我不敢动，似乎每一样都是黑洞洞的，灰尘不知有多厚，蛛网不知有多少，因此我连想也不想动那东西。

记得有一次我走到这黑屋子的极深极远的地方去，

一个发响的东西撞住我的脚上，我摸起来抱到光亮的地方一看，原来是一个小灯笼，用手指把灰尘一划，露出来是个红玻璃的。

我在一两岁的时候，大概我是见过灯笼的，可是长到四五岁，反而不认识了。我不知道这是个什么。我抱着去问祖父去了。

祖父给我擦干净了，里边点上个洋蜡烛，于是我欢喜得就打着灯笼满屋跑，跑了好几天，一直到把这灯笼打碎了才算完了。

我在黑屋子里边又碰到了一块木头，这块木头是上边刻着花的，用手一摸，很不光滑，我拿出来用小锯锯着。祖父看见了，说：

“这是印帖子的帖板。”

我不知道什么叫帖子，祖父刷上一片墨刷一张给我看，我只看见印出来几个小人，还有一些乱七八糟的花，还有字。祖父说：

“咱们家开烧锅的时候，发帖子就是用这个印的，这是一百吊的……还有五十吊的、十吊的……”

祖父给我印了许多，还用鬼子红给我印了些红的。

还有带缨子的清朝的帽子，我也拿了出来戴上。多少年前的老大的鹅翎扇子，我也拿了出来吹着风。翻了一瓶砂仁出来，那是治胃病的药，母亲吃着，我也跟着吃。

不久，这些八百年前的东西，都被我弄出来了。有些是祖母保存着的，有些是已经出了嫁的姑母的遗物，已经在那黑洞洞的地方放了多少年了，连动也没有动过，有些个快要腐烂了，有些个生了虫子，因为那些东西早被人们忘记了，好像世界上已经没有那么一回事了。而今天忽然又来到了他们的眼前，他们受了惊似的又恢复了他们的记忆。

每当我拿出一件新的东西的时候，祖母看见了，祖母说：

“这是多少年前的了！这是你大姑在家里边玩的……”

祖父看见了，祖父说：

“这是你二姑在家时用的……”

这是你大姑的扇子，那是你三姑的花鞋……都有了来历。但我不知道谁是我的三姑，谁是我的大姑。也许我一两岁的时候，我见过她们，可是我到四五岁时，我就不记得了。

我祖母有三个女儿，到我长起来时，她们都早已出嫁了。可见二三十年内就没有小孩子了。而今也只有我一个。实在的还有一个小弟弟，不过那时他才一岁半岁的，所以不算他。

家里边多少年前放的东西，没有动过，他们过的是既不向前也不回头的生活。是凡过去的，都算是忘记了，未来的他们也不怎样积极地希望着，只是一天一天地平板地、无怨无尤地在他们祖先给他们准备好的口粮之中生活着。

等我生来了，第一给了祖父无限的欢喜，等我长大了，祖父非常地爱我。使我觉得在这世界上，有了祖父就够了，还怕什么呢？虽然父亲的冷淡，母亲的恶言恶色，和祖母的用针刺我手指的这些事，都觉得算不了什么。何况又有后花园！后园虽然让冰雪给封闭了，但是又发现了这储藏室。这里边是无穷无尽地什么都有，这里边宝藏着的都是我所想象不到的东西，使我感到这世界上的东西怎么这样多！而且样样好玩，样样新奇。

比方我得到了一包颜料，是中国的大绿，看那颜料闪着金光，可是往指甲上一染，指甲就变绿了，往胳臂上一染，胳臂立刻飞来了一张树叶似的。实在是好看，也实在是莫名其妙，所以心里边就暗暗地欢喜，莫非是我得了宝贝吗？

得了一块观音粉。这观音粉往门上一划，门就白了一道，往窗上一划，窗就白了一道。这可真有点奇怪，大概祖父写字的墨是黑墨，而这是白墨吧。

得了一块圆玻璃，祖父说是“显微镜”。他在太阳底下一照，竟把祖父装好的一袋烟照着了。

这该多么使人欢喜，什么什么都会变的。你看它是一块废铁，说不定它就有用，比方我捡到一块四方的铁块，上边有一个小窝。祖父把榛子放在小窝里边，打着榛子给我吃。在这小窝里打，不知道比用牙咬要快了多少倍。何况祖父老了，他的牙又多半不大好。

我天天从那黑屋子往外搬着，而天天有新的。搬出来一批，玩厌了，弄坏了，就再去搬。

因此使我的祖父、祖母常常地慨叹。

他们说这是多少年前的了，连我的第三个姑母还没有生的时候就有这东西。那是多少年前的了，还是分家的时候，从我曾祖那里得来的呢。又哪样哪样是什么人送的，而那家人家到今天也都家败人亡了，而这东西还存在着。

又是我在玩着的那葡蔓藤的手镯，祖母说她就戴着这个手镯，有一年夏天坐着小车子，抱着我大姑去回娘家，路上遇了土匪，把金耳环给摘去了，而没有要这手镯。若也是金的银的，那该多危险，也一定要被抢去的。

我听了问她：

“我大姑在哪儿？”

祖父笑了，祖母说：

“你大姑的孩子比你都大了。”

原来是四十年前的事情，我哪里知道。可是藤手镯却戴在我的手上，我举起手来，摇了一阵，那手镯好像风车似的，滴溜溜地转，手镯太大了，我的手太细了。

祖母看见我把从前的东西都搬出来了，她常常骂我：

“你这孩子，没有东西不拿着玩的，这小不成器的……”

她嘴里虽然是这样说，但她又在光天化日之下得以重看到这东西，也似乎给了她一些回忆的满足。所以她说我是并不十分严刻的，我当然是不听她，该拿还是照旧地拿。

于是我家里久不见天日的东西，经我这一搬弄，才得以见了天日。于是坏的坏，扔的扔，也就都从此消灭了。

我有记忆的第一个冬天，就这样过去了。没有感到十分的寂寞，但总不如在后园里那样玩着好。但孩子是容易忘记的，也就随遇而安了。

兰哥

第二年夏天，后园里种了不少的韭菜，是因为祖母喜欢吃韭菜馅的饺子而种的。

可是当韭菜长起来时，祖母就病重了，而不能吃这韭菜了，家里别的人也没有吃这韭菜，韭菜就在园子里荒着。

因为祖母病重，家里非常热闹，来了我的大姑母，又来了我的二姑母。

二姑母是坐着她自家的小车子来的。那拉车的骡子挂着铃铛，哗哗啷啷地就停在窗前了。

从那车上第一个就跳下来一个小孩，那小孩比我高了一点，是二姑母的儿子。

他的小名叫“小兰”，祖父让我向他叫兰哥。

别的我都不记得了，只记得不大一会工夫我就把他领到后园里去了。

告诉他这个是玫瑰树，这个是狗尾草，这个是樱桃树。樱桃树是不结樱桃的，我也告诉了他。

不知道在这之前他见过我没有，我可并没有见过他。

我带他到东南角上去看那棵李子树时，还没有走到眼前，他就说：

“这树前年就死了。”

他说了这样的话，是使我很吃惊的。这树死了，他可怎么知道的？心中立刻来了一种忌妒的情感，觉得这花园是属于我的，和属于祖父的，其余的人连晓得也不该晓得才对的。

我问他：

“那么你来过我们家吗？”

他说他来过。

这个我更生气了，怎么他来我不晓得呢？

我又问他：

“你什么时候来过的？”

他说前年来的，他还带给我一个毛猴子。他问着我：

“你忘了吗？你抱着那毛猴子就跑，跌倒了你还哭了哩！”

我无论怎样想，也想不起来了。不过总算他送给我过一个毛猴子，可见对我是很好的，于是我就不生他的气了。

从此天天就在一块玩。

他比我大三岁，已经八岁了，他说他在学堂里边念了书的，他还带来了几本书，晚上在煤油灯下他还把书拿出来给我看。书上有小人，有剪刀，有房子。因为都是带着图，我一看就连那字似乎也认识了，我说：

“这念剪刀，这念房子。”

他说不对：

“这念剪，这念房。”

我拿过来一细看，果然都是一个字，而不是两个字，我是照着图念的，所以错了。

我也有一盒方字块，这边是图，那边是字，我也拿出来给他看了。

从此整天地玩。祖母病重与否，我不知道。不过在她临死的前几天就穿上了满身的新衣裳，好像要出门做客似的。说是怕死了来不及穿衣裳。

因为祖母病重，家里热闹得很，来了很多亲戚。忙忙碌碌不知忙些个什么。

……

家里边的人越多，我就越寂寞，走到屋里，问问这个，问问那个，一切都不理解。祖父也似乎把我忘记了。我从后园里捉了一个特别大的蚂蚱送给他去看，他连看也没有看，就说：

“真好，真好，上后园去玩去吧！”

新来的兰哥也不陪我时，我就在后园里一个人玩。

缸帽子

祖母已经死了……而我还在后园里边玩着。

后园里边下了点雨，我想要进屋去拿草帽去，走到酱缸旁边（我家的酱缸是放在后园里的），一看，有雨点啪啪地落到缸帽子上。我想这缸帽子该多大，遮起雨来，比草帽一定更好。

于是我就从缸上把它翻下来了，到了地上它还乱滚一阵，这时候，雨就大了。我好不容易才设法钻进这缸帽子去。因为这缸帽子太大了，差不多和我一般高。

我顶着它，走了几步，觉得天昏地暗。而且重也是很重的，非常吃力。而且自己已经走到哪里了，自己也不晓，只晓得头顶上啪啪啦啦地打着雨点，往脚下看着，脚下只是些狗尾草和韭菜。找了一个韭菜很厚的地方，我就坐下了，一坐下这缸帽子就和个小房似的扣着我。这比站着好得多，头顶不必顶着，帽子就扣在韭菜地上。但是里边可是黑极了，什么也看不见。

同时听什么声音，也觉得都远了。大树在风雨里边被吹得呜呜的，好像大树已经被搬到别人家的院子去似的。

韭菜是种在北墙根上，我是坐在韭菜上。北墙根离家里的房子很远的，家里边那闹嚷嚷的声音，也像是来自远方。

我细听了一会，听不出什么来，还是在我自己的小屋里边坐着。这小屋这么好，不怕风，不怕雨。站起来走的时候，顶着屋盖就走了，有多么轻快。

其实是很重的了，顶起来非常吃力。

我顶着缸帽子，一路摸索着，来到了后门口，我是要顶给祖父看看的。

我家的后门坎特别高，迈也迈不过去，因为缸帽子太大，使我抬不起腿来。好不容易两手把腿拉着，弄了半天，总算是过去了。虽然进了屋，仍是不知道祖父在什么方向，于是我就大喊，正在这喊之间，父亲一脚把我踢翻了，差点没把我踢到灶口的火堆上去。缸帽子也在地上滚着。

等人家把我抱了起来，我一看，屋子里的人，完全不对了，都穿了白衣裳。

再一看，祖母不是睡在炕上，而是睡在一张长板上。

从这以后祖母就死了。

我竟聪明了

祖母一死，家里继续着来了许多亲戚。

……

我也觉得好玩，所以就特别高兴起来。又加上从前我没有小同伴，而现在有了。比我大的，比我小的，共有四五个。我们上树爬墙，几乎连房顶也要上去了。

他们带我到小门洞子顶上去捉鸽子，搬了梯子到房檐头上去捉家雀。后花园虽然大，已经装不下我了。

我跟着他们到井边去往井里边看，那井是多么深，我从未见过。在上边喊一声，里边有人回答。用一个小石子投下去，那响声是很深远的。

他们带我到粮食房子去，到碾磨房去，有时候竟把我带到街上，是已经离开家了，不跟着家人在一起，我是从来没有走过这样远。

不料除了后园之外，还有更大的地方，我站在街上，不是看什么热闹，不是看那街上的行人车马，而是心里边想：是不是我将来一个人也可以走得很远?

有一天，他们把我带到南河沿上去了，南河沿离我家本不算远，也不过半里多地。可是因为我是第一次去，觉得实在很远。走出汗来了。走过一个黄土坑，又过一个南大营，南大营的门口，有兵把守门。那营房的院子大得在我看来太大了，实在是不应该。我们的院子就够大的了，怎么能比我们家的院子更大呢，大得有点不大好看了，我走过了，我还回过头来看。

路上有家人家，把花盆摆到墙头上来了，我觉得这也不大好，若是看不见人家偷去呢!

还看见了一座小洋房，比我们家的房不知好了多少倍。若问我，哪里好？我也说不出来，就觉得那房子是一色新，不像我家的房子那么陈旧。

我仅仅走了半里多路，我所看见的可太多了。所以觉得这南河沿实在远。

问他们："到了没有？"

他们说："就到的，就到的。"

果然，转过了大营房的墙角，就看见河水了。

我第一次看见河水，我不能晓得这河水是从什么地方来的，走了几年了。

那河太大了，等我走到河边上，抓了一把沙子抛下去，那河水简直没有因此而脏了一点点。河上有船，但是不很多，有的往东去了，有的往西去了。也有的划到河的对岸去的，河的对岸似乎没有人家，而是一片柳条林。再往远看，就不能知道那是什么地方了，因为也没有人家，也没有房子，也看不见道路，也听不见一点音响。

我想将来是不是我也可以到那没有人的地方去看

一看。

除了我家的后园，还有街道。除了街道，还有大河。除了大河，还有柳条林。除了柳条林，还有更远的，什么也没有的地方，什么也看不见的地方，什么声音也听不见的地方。

究竟除了这些，还有什么，我越想越不知道了。

就不用说这些我未曾见过的。就说一个花盆吧，就说一座院子吧。院子和花盆，我家里都有。但说那营房的院子就比我家的大，我家的花盆是摆在后园里的，人家的花盆就摆到墙头上来了。

可见我不知道的一定还有。

所以祖母死了，我竟聪明了。

学诗

祖母死了，我就跟祖父学诗。因为祖父的屋子空着，我就闹着一定要睡在祖父那屋。

早晨念诗，晚上念诗，半夜醒了也是念诗。念了一阵，念困了再睡去。

祖父教我的有《千家诗》，并没有课本，全凭口头传诵，祖父念一句，我就念一句。

祖父说：

"少小离家老大回……"

我也说：

"少小离家老大回……"

都是些什么字，什么意思，我不知道，只觉得念起来那声音很好听。所以很高兴地跟着喊。我喊的声音，比祖父的声音更大。

我一念起诗来，我家的五间房都可以听见，祖父怕我喊坏了喉咙，常常警告着我说：

"房盖被你抬走了。"

听了这笑话，我略微笑了一会工夫，过不了多久，就又喊起来了。

夜里也是照样地喊，母亲吓唬我，说再喊她要打我。

祖父也说：

"没有你这样念诗的，你这不叫念诗，你这叫乱叫。"

但我觉得这乱叫的习惯不能改，若不让我叫，我念它干什么。每当祖父教我一个新诗，一开头我若听了不好听，我就说：

“不学这个。”

祖父于是就换一个，换一个不好，我还是不要。

“春眠不觉晓，处处闻啼鸟，夜来风雨声，花落知多少。”

这一首诗，我很喜欢，我一念到第二句，“处处闻啼鸟”那“处处”两字，我就高兴起来了。觉得这首诗，实在是好，真好听，“处处”该多好听。

还有一首我更喜欢的：

“重重叠叠上楼台，几度呼童扫不开。刚被太阳收拾去，又为明月送将来。”

就这“几度呼童扫不开”，我根本不知道什么意思，就念成“稀里糊涂扫不开”。越念越觉得好听，越念越有趣味。

还当客人来了，祖父总是呼我念诗的，我就总喜念这一首。

那客人不知听懂了与否，只是点头说好。

最喜欢的诗

就这样瞎念，到底不是久计。念了几十首之后，祖父开讲了。

“少小离家老大回，乡音无改鬓毛衰。”

祖父说：“这是说小时候离开了家到外边去，老了回来了。‘乡音无改鬓毛衰’，这是说家乡的口音还没有改变，胡子可白了。”

我问祖父：“为什么小的时候离家？离家到哪

里去？”

祖父说：“好比爷像你那么大离家，现在老了回来了，谁还认识呢？‘儿童相见不相识，笑问客从何处来。’小孩子见了就招呼着说：你这个白胡老头，是从哪里来的？”

我一听觉得不大好，赶快就问祖父：“我也要离家的吗？等我胡子白了回来，爷爷你也不认识我了吗？”

心里很恐惧。

祖父一听就笑了：“等你老了还有爷爷吗？”

祖父说完了，看我还是不很高兴，他又赶快说：“你不离家的，你哪里能够离家……快再念一首诗吧！念‘春眠不觉晓’……”

我一念起“春眠不觉晓”来，又是满口地大叫，得意极了。完全高兴，什么都忘了。

但从此再读新诗，一定要先讲的，没有讲过的也要重讲。似乎那大嚷大叫的习惯稍稍好了一点。

“两个黄鹂鸣翠柳，一行白鹭上青天。”

这首诗本来我也很喜欢的，黄梨是很好吃的。经所以，每念完这首诗，我就接着问祖父:“今年咱们的樱桃树开不开花？”

萧红用这样一个问题结束了有关念诗的段落，这个问题甚至跟所念的诗没有关系，只是一个小女孩在念叨着她的心事，盼着那棵樱桃快开花，多开花——事实上，类似这种“孩子气”的打岔或跑题，在《呼兰河传》的每个段落都能找到，这成了萧红的一种风格。

祖父这一讲，说是两个鸟。于是不喜欢了。

“去年今日此门中，人面桃花相映红。

人面不知何处去，桃花依旧笑春风。”

这首诗祖父讲了我也不明白，但是我喜欢这首。因为其中有桃花。桃树一开了花不就结桃吗？桃子不是好吃吗？

所以每念完这首诗，我就接着问祖父：“今年咱们的樱桃树开不开花？”

赶鸭子

除了念诗之外，还很喜欢吃。

记得大门洞子东边那家是养猪的，一个大猪在前边走，一群小猪跟在后边。有一天一个小猪掉井了，人们用抬土的筐子把小猪从井里吊了上来。吊上来，那小猪早已死了。井口旁边围了很多人看热闹，祖父和我也在旁边看热闹。那小猪一被打上来，祖父就说他要那小猪。

祖父把那小猪抱到家里，用黄泥裹起来，放在灶坑里烧上了，烧好了给我吃。

我站在炕沿旁边，那整个的小猪，就摆在我的眼前，祖父把那小猪一撕开，立刻就冒了油，真香，我从来没有吃过那么香的东西，从来没有吃过那么好吃的东西。

第二次，又有一只鸭子掉井了，祖父也用黄泥包起来，烧上给我吃了。

在祖父烧的时候，我也帮着忙，帮着祖父搅黄泥，一边喊着，一边叫着，好像拉拉队似的给祖父助兴。

鸭子比小猪更好吃，那肉是不怎样肥的。所以我最喜欢吃鸭子。

我吃，祖父在旁边看着，祖父不吃。等我吃完了，祖父才吃。他说我的牙齿小，怕我咬不动，先让我选嫩的吃，我吃剩了的他才吃。

祖父看我每咽下去一口，他就点一下头，而且高兴地说："这小东西真馋，"或是"这小东西吃得真快。"

我的手满是油，随吃随在大襟上擦着，祖父看了也并不生气，只是说：

“快蘸点盐吧，快蘸点韭菜花吧，空口吃不好，等会儿要反胃的……”

说着就捏几个盐粒放在我手上拿着的鸭子肉上。我一张嘴又进肚去了。

祖父越称赞我能吃，我越吃得多。祖父看看不好了，怕我吃多了。让我停下，我才停下来。我明明吃不下去了，可是嘴里还说着：

“一个鸭子还不够呢！”

自此吃鸭子的印象非常之深，等了好久，鸭子再不掉到井里，我看井沿有一群鸭子，我拿秫杆就往井里边赶。可是鸭子不进去，围着井口转，而呱呱地叫着。我就招呼了在旁边看热闹的小孩子，我说：

“帮我赶哪！”

正在吵吵叫叫的时候，祖父奔到了，祖父说：

“你在干什么？”

我说：

“赶鸭子，鸭子掉井，捞出来好烧吃。”

祖父说：

“不用赶了，爷爷抓个鸭子给你烧着。”

我不听他的话，我还是追在鸭子的后边跑着。

祖父上前来把我拦住了，抱在怀里，一面给我擦着汗一面说：

“跟爷爷回家，抓个鸭子烧上。”

我想：不掉井的鸭子，抓都抓不住，可怎么能规规矩矩贴起黄泥来让烧呢？于是我从祖父的身上往下挣扎着，喊着：

“我要掉井的！我要掉井的！”

祖父几乎抱不住我了。

尾 声

呼兰河这小城里边，以前住着我的祖父，现在埋着我的祖父。

我生的时候，祖父已经六十多岁了，我长到四五岁，祖父就快七十了。我还没有长到二十岁，祖父就七八十岁了。祖父一过了八十，祖父就死了。

从前那后花园的主人，而今不见了。老主人死了，小主人逃荒去了。

那园里的蝴蝶、蚂蚱、蜻蜓，也许还是年年仍旧，也许现在完全荒凉了。

小黄瓜，大倭瓜，也许还是年年地种着，也许现在根本没有了。

那早晨的露珠是不是还落在花盆架上，那午间的太阳是不是还照着那大向日葵，那黄昏时候的红霞是不是还会一会工夫会变出一匹马来，一会工夫会变出一匹狗来，那么变着。

这一些不能想象了。

听说有二伯死了。

老厨子就是活着年纪也不小了。

东邻西舍也都不知怎样了。

至于那磨房里的磨倌，至今究竟如何，则完全不晓得了。

以上我所写的并没有什么幽美的故事，只因他们充满我幼年的记忆，忘却不了，难以忘却，就记在这里了。

祖父死了的时候

祖父总是有点变样子，他喜欢流起眼泪来，同时过去很重要的事情他也忘掉。比方过去那一些他常讲的故事，现在讲起来，讲了一半，下一半他就说：“我记不得了。”

某夜，他又病了一次，经过这一次病，他竟说：“给你三姑写信，叫她来一趟，我不是四五年没看过她吗？”他叫我写信给我已经死去五年的姑母。

那次离家是很痛苦的。学校来了开学通知信，祖父又一天一天地变样起来。

祖父睡着的时候，我就躺在他的旁边哭，好像祖父已经离开我死去似的，一面哭着，一面抬头看他凹陷的嘴唇。我若死掉祖父，就死掉我一生最重要的一个人，好像他死了就把人间一切“爱”和“温暖”带得空空虚虚。我的心被丝线扎住或铁丝绞住了。

我联想到母亲死的时候。母亲死以后，父亲怎样打我，又娶一个新母亲来。这个母亲很客气，不打我，就是骂，也是指着桌子或椅子来骂我。客气是越客气了，但是冷淡了，疏远了，生人一样。

“到院子去玩玩吧！”祖父说了这话之后，在我的头上撞了一下，“喂！你看这是什么？”一个黄金色的橘子落到我的手中。

夜间不敢到茅厕去，我说：“妈妈同我到茅厕去趟吧。”

“我不去！”

“那我害怕呀！”

“怕什么？”

“怕什么？怕鬼怕神？”父亲也说话了，把眼睛从眼镜上面看着我。

冬天，祖父已经睡下，赤着脚，开着纽扣跟我到外面茅厕去。

学校开学，我迟到了四天。三月里，我又回家一次，正在外面叫门，里面小弟弟嚷着：“姐姐回来了！姐姐回来了！”大门开时，我就远远注意着祖父住着的那间房子。果然祖父的面孔和胡子闪现在玻璃窗里。我跳着笑着跑进屋去。但不是高兴，只是心酸，祖父的脸色更惨淡更白了。等屋子里一个人没有时，他流着泪，他慌慌忙忙地一边用袖口擦着眼泪，一边抖动着嘴唇说：“爷爷不行了，不知早晚……前些日子好险没跌……跌死。”

“怎么跌的？”

“就是在后屋，我想去解手，招呼人，也听不见，按电铃也没有人来，就得爬啦。还没到后门口，腿颤，心跳，眼前发花了一阵就倒下去。没跌断了腰……人老了，有什么用处！爷爷是八十一岁呢。”

“爷爷是八十一岁。”

“没用了，活了八十一岁还是在地上爬呢！我想你看不着爷爷了，谁知没有跌死，我又慢慢爬到炕上。”

我走的那天也是和我回来那天一样，白色的脸的轮廓闪现在玻璃窗里。

在院心我回头看着祖父的面孔，走到大门口，在大门口我仍可看见，出了大门，就被门扇遮断。

从这一次祖父就与我永远隔绝了。虽然那次和祖父告别，并没说出一个永别的字。我回来看祖父，这回门前吹着喇叭，幡杆挑得比房头更高，马车离家很远的时候，我已看到高高的白色幡杆了，吹鼓手们的喇叭怆凉地在悲号。马车停在喇叭声中，大门前的白幡、白对联、院心的灵棚、闹嚷嚷许多人，吹鼓手们响起呜呜的哀号。

这回祖父不坐在玻璃窗里，是睡在堂屋的板床上，没有灵魂地躺在那里。我要看一看他白色的胡子，可是怎样看呢！拿开他脸上蒙着的纸吧，胡子、眼睛和嘴，都不会动了，他真的一点感觉也没有了？我从祖父的袖管里去摸他的手，手也没有感觉了。祖父这回真死去了啊！

祖父装进棺材去的那天早晨，正是后园里玫瑰花开放满树的时候。我扯着祖父的一张被角，抬向灵前去。吹鼓手在灵前吹着大喇叭。

我怕起来，我号叫起来。

“咣咣！”黑色的，半尺厚的灵柩盖子压上去。

吃饭的时候，我饮了酒，用祖父的酒杯饮的。饭后我跑到后园玫瑰树下去卧倒，园中飞着蜂子和蝴蝶，绿草的清凉的气味，这都和十年前一样。可是十年前死了妈妈。妈妈死后我仍是在园中扑蝴蝶；这回祖父死去，我却饮了酒。

过去的十年我是和父亲打斗着生活。在这期间我觉得人是残酷的东西。父亲对我是没有好面孔的，对于仆人也是没有好面孔的，他对于祖父也是没有好面孔的。因为仆人是穷人，祖父是老人，我是个小孩子，所以我们这些完全没有保障的人就落到他的手里。后

以后我必须不要家，到广大的人群中去；但
我在玫瑰树下颤怵了，人群中没有我的祖父。

呼兰河这小城里边，以前住着我的祖父，现在埋着我的祖父……从前那后花园的主人，而今不见了。老主人死了，小主人逃荒去了。

来我看到新娶来的母亲也落到他的手里，他喜欢她的时候，便同她说笑，他恼怒时便骂她，母亲渐渐也怕起父亲来。

母亲也不是穷人，也不是老人，也不是孩子，怎么也怕起父亲来呢？我到邻家去看看，邻家的女人也是怕男人。我到舅家去，舅母也是怕舅父。

我懂得的尽是些偏僻的人生，我想世间死了祖父，就再没有同情我的人了，世间死了祖父，剩下的尽是些凶残的人了。

我饮了酒，回想，幻想……

以后我必须不要家，到广大的人群中去，但我在玫瑰树下颤怵了，人群中没有我的祖父。

所以我哭着，整个祖父死的时候我哭着。

感情的碎片

近来觉得眼泪常常充满着眼睛，热的，它们常常会使我的眼圈发烧。然而它们一次也没有滚落下来。有时候它们站到了眼毛的尖端，闪耀着玻璃似的液体，每每在镜子里面看到。

一看到这样的眼睛，又好像回到了母亲死的时候。母亲并不十分爱我，但也总算是母亲。她病了三天了，是七月的末梢，许多医生来过了，他们骑着白马，坐着三轮车，但那最高的一个，他用银针在母亲的腿上刺了一下，他说：

“血流则生，不流则亡。”

我确确实实看到那针孔是没有流血，只是母亲的腿上凭空多了一个黑点。医生和别人都退了出去，他们在堂屋里议论着。我背向了母亲，我不再看她腿上的黑点。我站着。

“母亲就要没有了吗？”我想。

大概就是她极短的清醒的时候：

“……你哭了吗？不怕，妈死不了！”

我垂下头去，扯住了衣襟，母亲也哭了。

而后我站到房后摆着花盆的木架旁边去。我从衣袋取出来母亲买给我的小洋刀。

“小洋刀丢了就从此没有了吧？”于是眼泪又来了。

花盆里的金百合映着我的眼睛，小洋刀的闪光映着我的眼睛。眼泪就再没有流落下来，然而那是热的，是发炎的。但那是孩子的时候。

而今则不应该了。

先生的美学

鲁迅先生的笑声是明朗的，是从心里的欢喜。若有人说了什么可笑的话，鲁迅先生笑得连烟卷都拿不住了，常常是笑得咳嗽起来。

鲁迅先生走路很轻捷，尤其使人记得清楚的，是他刚抓起帽子来往头上一扣，同时左腿就伸出去了，仿佛不顾一切地走去。

鲁迅先生不大注意人的衣裳，他说："谁穿什么衣

裳我看不见的……”

鲁迅先生生的病，刚好了一点，他坐在躺椅上，抽着烟，那天我穿着新奇的大红的上衣，很宽的袖子。

鲁迅先生说：“这天气闷热起来，这就是梅雨天。”他把他装在象牙烟嘴上的香烟，又用手装得紧一点，往下又说了别的。

许先生忙着家务，跑来跑去，也没有对我的衣裳加以鉴赏。

于是我说：“周先生，我的衣裳漂亮不漂亮？”

鲁迅先生从上往下看了一眼：“不大漂亮。”

过了一会又接着说：“你的裙子配的颜色不对，并不是红上衣不好看，各种颜色都是好看的，红上衣要配红裙子，不然就是黑裙子，咖啡色的就不行了；这两种颜色放在一起很浑浊……你没看到外国人在街上走的吗？绝没有下边穿一件绿裙子，上边穿一件紫上衣，也没有穿一件红裙子而后穿一件白上衣的……”

鲁迅先生就在躺椅上看着我：“你这裙子是咖啡色的，还带格子，颜色浑浊得很，所以把红色衣裳也弄得不漂亮了。”

“……人瘦不要穿黑衣裳，人胖不要穿白衣裳；脚长的女人一定要穿黑鞋子，脚短就一定要穿白鞋子；方格子的衣裳胖人不能穿，但比横格子的还好；横格子的胖人穿上，就把胖子更往两边裂着，更横宽了，胖子要穿竖条子的，竖的把人显得长，横的把人显得宽……”

那天鲁迅先生很有兴致，把我一双短统靴子也略略批评一下，说我的短靴是军人穿的，因为靴子的前后都有一条线织的拉手，这拉手据鲁迅先生说是放在裤子下边的……

我说：“周先生，为什么那靴子我穿了多久了而不告诉我，怎么现在才想起来呢？现在我不是不穿了吗？我穿的这不是另外的鞋吗？”

“你不穿我才说的，你穿的时候，我一说你该不穿了。”

那天下午要赴一个筵会去，我要许先生给我找一点布条或绸条束一束头发。许先生拿了来米色的、绿色的还有桃红色的。经我和许先生共同选定的是米色的。为着取美，把那桃红色的，许先生举起来放在我的头发上，并且许先生很开心地说着：

“好看吧！多漂亮！”

我也非常得意，很规矩又顽皮地在等着鲁迅先生往这边看我们。

鲁迅先生这一看，脸是严肃的，他的眼皮往下一放向着我们这边看着：

“不要那样装饰她……”

许先生有点窘了。

我也安静下来。

鲁迅先生在北平教书时，从不发脾气，但常常好用这种眼光看人，许先生常跟我讲。她在女师大读书时，周先生在课堂上，一生气就用眼睛往下一掠，看着他们，这种眼光是鲁迅先生在记范爱农先生的文字曾自己述说过，而曾接触过这种眼光的人，就会感到一个时代的全智者的催逼。

我开始问：“周先生怎么也晓得女人穿衣裳的这些

事情呢？”

“看过书的，关于美学的。”

“什么时候看的……”

“大概是在日本读书的时候……”

“买的书吗？”

“不一定是买的，也许是从什么地方抓到就看的……”

“看了有趣味吗？！”

“随便看看……”

“周先生看这书做什么？”

“……”没有回答，好像很难以答。

许先生在旁说：“周先生什么书都看的。”

到先生家做客

在鲁迅先生家里做客人，刚开始是从法租界来到虹口，搭电车也要差不多一个钟头的工夫，所以那时候来的次数比较少。记得有一次谈到半夜了，一过十二点电车就没有的，但那天不知讲了些什么，讲到一个段落就看看旁边小长桌上的圆钟，十一点半了，十一点四十五分了，电车没有了。

"反正已十二点，电车也没有，那么再坐一会。"

许先生如此劝着。

鲁迅先生好像听了所讲的什么引起了幻想，安顿地举着象牙烟嘴在沉思着。

一点钟以后，送我（还有别的朋友）出来的是许先生，外边下着小雨，弄堂里灯光全然灭掉了，鲁迅先生嘱咐许先生一定让坐小汽车回去，并且一定嘱咐许先生付钱。

以后也住到北四川路来，就每夜饭后必到大陆新村来了，刮风的天，下雨的天，几乎没有间断的时候。

鲁迅先生很喜欢北方饭，还喜欢吃油炸的东西，喜欢吃硬的东西，就是后来生病的时候，也不大吃牛奶。鸡汤端到旁边用调羹舀了一二下就算了事。

有一天约好我去包饺子吃，那还是住在法租界，所以带了外国酸菜和用绞肉机绞成的牛肉，就和许先生站在客厅后边的方桌边包起来。海婴公子围着闹得起劲儿，一会按成圆饼的面拿去了，他说做了一只船来，送在我们的眼前，我们不看他，转身他又做了一只小鸡。许先生和我都不去看他，对他竭力避免加以赞美，若一赞美起来，怕他更做得起劲儿。

客厅后边没到黄昏就先黑了，背上感到些微微的寒凉，知道衣裳不够了，但为着忙，没有加衣裳去。等把饺子包完了看看那数目并不多，这才知道和许先生谈话谈得太多，误了工作。许先生怎样离开家的，怎样到天津读书的，在女师大读书时怎样做了家庭教师。她去考家庭教师的那一段描写，非常有趣，只取一名，可是考了好几十名，她之能够当选算是难的了。指望对于学费有点补助，冬天来了，北平又冷，那家离学校又远，每月除了车子钱之外，若伤风感冒还得自己拿出买阿司匹林的钱来，每月薪金十元要从西城跑到东城……

饺子煮好，一上楼梯，就听到楼上明朗的鲁迅先生的笑声冲下楼梯来，原来有几个朋友在楼上也正谈得热闹。那一天吃得是很好的。

以后我们又做过韭菜合子，又做过荷叶饼，我一提议鲁迅先生必然赞成，而我做的又不好，可是鲁迅先生还是在桌上举着筷子问许先生："我再吃几个吗？"

因为鲁迅先生胃不大好，每饭后必吃“脾自美”药丸一二粒。

有一天下午鲁迅先生正在校对着瞿秋白的《海上述林》，我一走进卧室去，从那圆转椅上鲁迅先生转过来了，向着我，还微微站起了一点。

“好久不见，好久不见。”一边说着一边向我点头。

刚刚我不是来过了吗？怎么会好久不见？就是上午我来的那次周先生忘记了，可是我也每天来呀……怎么都忘记了吗？

周先生转身坐在躺椅上才自己笑起来，他是在开着玩笑。

梅雨季，很少有晴天，一天的上午刚一放晴，我高兴极了，就到鲁迅先生家去了，跑得上楼还喘着。鲁迅先生说：“来啦！”我说：“来啦！”

我喘着连茶也喝不下。

鲁迅先生就问我：“有什么事吗？”

我说：“天晴啦，太阳出来啦。”

许先生和鲁迅先生都笑着，一种冲破忧郁心境的、崭然的、会心的笑。

海婴一看到我，非拉我到院子里和他一道玩不可，拉我的头发或拉我的衣裳。

为什么他不拉别人呢？据周先生说：“他看你梳着辫子，和他差不多，别人在他眼里都是大人，就看你小。”

许先生问着海婴：“你为什么喜欢她呢？不喜欢别人？”

“她有小辫子。”说着就来拉我的头发。

先生的喜好和厌恶

青年人写信，写得太草率，鲁迅先生是深恶痛绝之的。

“字不一定要写得好，但必须得使人一看了就认识，年轻人现在都太忙了……他自己赶快胡乱写完了事，别人看了三遍五遍看不明白，这费了多少工夫，他不管。反正这费了功夫不是他的。这存心是不太好的。”

但他还是展读着每封由不同角落里投来的青年的信，眼睛不济时，便戴起眼镜来看，常常看到夜里很深的时光。

鲁迅先生坐在 ×× 电影院楼上的第一排，那片名忘记了，新闻片是苏联纪念五一节的红场。

“这个我怕看不到的……你们将来可以看得到。”鲁迅先生向我们周围的人说。

珂勒惠支的画，鲁迅先生最佩服，同时也很佩服她的做人。珂勒惠支受希特勒的压迫，不准她做教授，不准她画画，鲁迅先生常讲到她。

史沫特莱，鲁迅先生也讲到，她是美国女子，帮助印度独立运动，现在又在援助中国。

鲁迅先生介绍人去看的电影：《夏伯阳》《复仇艳遇》……其余的如《人猿泰山》……或者非洲的怪兽这一类的影片，也常介绍给人的。鲁迅先生说：“电影没有什么好的，看看鸟兽之类倒可以增加些对于动物的知识。”

鲁迅先生不游公园，住在上海十年，兆丰公园没有进过。虹口公园这么近也没有进过。春天一到了，我常告诉周先生，我说公园里的土松软了，公园里的风多么柔和。周先生答应选个晴好的天气，选个礼拜日，海婴休假日，好一道去，坐一乘小汽车一直开到兆丰公园，也算是短途旅行。但这只是想着而未有做到，并且把公园给下了定义。鲁迅先生说："公园的样子我知道的……一进门分做两条路，一条通左边，一条通右边，沿着路种着点柳树什么树的，树下摆着几张长椅子，再远一点有个水池子。"

我是去过兆丰公园的，也去过虹口公园或是法国公园的，仿佛这个定义适用在任何国度的公园设计者。

先生的工作

鲁迅先生不戴手套，不围围巾，冬天穿着黑土蓝的棉布袍子，头上戴着灰色毡帽，脚穿黑帆布胶皮底鞋。

胶皮底鞋夏天特别热，冬天又凉又湿，鲁迅先生的身体不算好，大家都提议把这鞋子换掉。鲁迅先生不肯，他说胶皮底鞋子走路方便。

“周先生一天走多少路呢？也不就一转弯到 ×× 书店走一趟吗？”

鲁迅先生笑而不答。

“周先生不是很好伤风吗？不围巾子，风一吹不就伤风了吗？”

鲁迅先生这些个都不习惯，他说：

“从小就没戴过手套围巾，戴不惯。”

鲁迅先生一推开门从家里出来时，两只手露在外边，很宽的袖口冲着风就向前走，腋下夹着个黑绸子印花的包袱，里边包着书或者是信，到老靶子路书店去了。

那包袱每天出去必带出去，回来必带回来。出去时带着给青年们的信，回来又从书店带来新的信和青年请鲁迅先生看的稿子。

鲁迅先生抱着印花包袱从外边回来，还提着一把伞，一进门客厅早坐着客人，把伞挂在衣架上就陪客人谈起话来。谈了很久了，伞上的水滴顺着伞杆在地板上已经聚了一堆水。

鲁迅先生上楼去拿香烟，抱着印花包袱，而那把伞也没有忘记，顺手也带到楼上去。

鲁迅先生的记忆力非常之强，他的东西从不随便散置在任何地方。

……

鲁迅先生吃的是清茶，其余不吃别的饮料。咖啡、可可、牛奶、汽水之类，家里都不预备。

鲁迅先生陪客人到深夜，必同客人一道吃些点心。那饼干就是从铺子里买来的，装在饼干盒子里，到夜深许先生拿着碟子取出来，摆在鲁迅先生的书桌上。吃完了，许先生打开立柜再取一碟。还有向日葵子差不多每来客人必不可少。鲁迅先生一边抽着烟，一边剥着瓜子吃，吃完了一碟，鲁迅先生必请许先生再拿一碟来。

鲁迅先生备有两种纸烟，一种价钱贵的，一种便宜的。便宜的是绿听子的，我不认识那是什么牌子，只记得烟头上带着黄纸的嘴，每五十支的价钱大概是四角到五角，是鲁迅先生自己平日用的。另一种是白听子的，是前门烟，用来招待客人的，白听烟放在鲁迅先生书桌的抽屉里。来客人鲁迅先生下楼，把它带到楼下去，客人走了，又带回楼上来照样放在抽屉里。而绿听子的永远放在书桌上，是鲁迅先生随时吸着的。

鲁迅先生的休息，不听留声机，不出去散步，也不倒在床上睡觉，鲁迅先生自己说：

“坐在椅子上翻一翻书就是休息了。”

鲁迅先生从下午二三点钟起就陪客人，陪到五点钟，陪到六点钟，客人若在家吃饭，吃完饭又必要在一起喝茶，或者刚刚吃完茶走了，或者还没走又来了客人，于是又陪下去，陪到八点钟，十点钟，常常陪到十二点钟。从下午三点钟起，陪到夜里十二点，这么长的时间，鲁迅先生都是坐在藤躺椅上，不断地吸着烟。

客人一走，已经是下半夜了，本来已经是睡觉的时候了，可是鲁迅先生正要开始工作。

在工作之前，他稍微阖一阖眼睛，燃起一支烟来，躺在床边上，这一支烟还没有吸完，许先生差不多就在床里边睡着了。（许先生为什么睡得这样快？因为第二天早晨六七点钟就要来管理家务。）海婴这时在三楼和保姆一道睡着了。

全楼都寂静下去，窗外也一点声音没有了，鲁迅先生站起来，坐到书桌边，在那绿色的台灯下开始写文章了。许先生说鸡鸣的时候，鲁迅先生还是坐着，街上的汽车嘟嘟地叫起来了，鲁迅先生还是坐着。

有时许先生醒了，看着玻璃窗白萨萨的了，灯光也不显得怎么亮了，鲁迅先生的背影不像夜里那样高大。

鲁迅先生的背影是灰黑色的，仍旧坐在那里。

人家都起来了，鲁迅先生才睡下。

海婴从三楼下来了，背着书包，保姆送他到学校去，经过鲁迅先生的门前，保姆总是吩咐他说：

“轻一点走，轻一点走。”

鲁迅先生刚一睡下，太阳就高起来了。太阳照着隔院子的人家，明亮亮的；照着鲁迅先生花园的夹竹桃，明亮亮的。

鲁迅先生的书桌整整齐齐的，写好的文章压在书下边，毛笔在烧瓷的小龟背上站着。

一双拖鞋停在床下，鲁迅先生在枕头上边睡着了。

踢鬼的故事

鬼到底是有的没有的？传说上有人见过，还跟鬼说过话，还有人被鬼在后边追赶过，吊死鬼一见了人就贴在墙上。但没有一个人捉住一个鬼给大家看看。

鲁迅先生讲了他看见过鬼的故事给大家听：

“是在绍兴……”鲁迅先生说，“三十年前……”

那时鲁迅先生从日本读书回来，在一个师范学堂也不知是什么学堂里教书，晚上没有事时，鲁迅先生

总是到朋友家去谈天。这朋友住的离学堂几里路，几里路不算远，但必得经过一片坟地。有的时候就谈得晚了，十一二点钟才回学堂的事也常有，有一天鲁迅先生就回去得很晚，天空有很大的月亮。

鲁迅先生向着归路走得很起劲儿时，往远处一看，远远有一个白影。

鲁迅先生不相信鬼的，在日本留学时是学的医，常常把死人抬来解剖的，鲁迅先生解剖过二十几个，不但不怕鬼，对死人也不怕，所以对坟地也就根本不怕。仍旧是向前走的。

走了不几步，那远处的白影没有了，再看突然又有了。并且时小时大，时高时低，正和鬼一样。鬼不就是变幻无常的吗？

鲁迅先生有点踌躇了，到底向前走呢，还是回过头来走？本来回学堂不止这一条路，这不过是最近的一条就是了。

鲁迅先生仍是向前走，到底要看一看鬼是什么样，虽然那时候也怕了。

鲁迅先生那时从日本回来不久，所以还穿着硬底皮鞋。鲁迅先生决心要给那鬼一个致命的打击，等走到那白影旁边时，那白影缩小了，蹲下了，一声不响地靠住了一个坟堆。

鲁迅先生就用了他的硬皮鞋踢了出去。

那白影嗷的一声叫起来，随着就站起来，鲁迅先生定眼看去，他却是个人。

鲁迅先生说在他踢的时候，他是很害怕的，好像若一下不把那东西踢死，自己反而会遭殃的，所以用了全力踢出去。

原来是个盗墓子的人在坟场上半夜做着工作。

鲁迅先生说到这里就笑了起来。

“鬼也是怕踢的，踢他一脚就立刻变成人了。”

我想，倘若是鬼常常让鲁迅先生踢踢倒是好的，因为给了他一个做人的机会。

卧室

鲁迅先生的卧室，一张铁架大床，床顶上遮着许先生亲手做的白布刺花的围子，顺着床的一边折着两床被子，都是很厚的，是花洋布的被面。挨着门口的床头的方面站着抽屉柜。一进门的左手摆着八仙桌，桌子的两旁藤椅各一，立柜站在和方桌一排的墙角。立柜本是挂衣服的，衣裳却很少，都让糖盒子、饼干桶子、瓜子罐给塞满了。有一次 ×× 老板的太太来拿版权的图章花，鲁迅先生就从立柜下边大抽屉里取出的。沿着墙角往窗子那边走，有一张装饰台，桌子上有一个方形的满浮着绿草的玻璃养鱼池，里边游着的不是金鱼而是灰色的扁肚子的小鱼。除了鱼池之外另有一只圆的表，其余那上边满装着书。铁床架靠窗子的那头的书柜里外都是书。最后是鲁迅先生的写字台，那上边也都是书。

鲁迅先生家里，从楼上到楼下，没有一个沙发。鲁迅先生工作时坐的椅子是硬的，到楼下陪客人时坐的椅子又是硬的。

鲁迅先生的写字台面向着窗子，上海弄堂房子的窗子差不多满一面墙那么大，鲁迅先生把它关起来，因为鲁迅先生工作起来有一个习惯，怕吹风，风一吹，纸就动，时时防备着纸跑，文章就写不好。所以屋子里热得和蒸笼似的，请鲁迅先生到楼下去，他又不肯，鲁迅先生的习惯是不换地方。有时太阳照进来，许先生劝他把书桌移开一点都不肯，只有满身流汗。

鲁迅先生的写字桌，铺了张蓝格子的油漆布，四角都用图钉按着。桌子上有小砚台一方、墨一块，毛笔站在笔架上。笔架是烧瓷的，在我看来不很细致，是一个龟，龟背上带着好几个洞，笔就插在那洞里。鲁迅先生多半是用毛笔的，钢笔也不是没有，是放在抽屉里。桌上有一个方大的白瓷的烟灰盒，还有一个茶杯，杯子上戴着盖。

鲁迅先生的习惯与别人不同，写文章用的材料和来信都压在桌子上，把桌子都压得满满的，几乎只有写字的地方可以伸开手，其余桌子的一半被书或纸张占有着。

左手边的桌角上有一个带绿灯罩的台灯，那灯泡是横着装的，在上海那是极普通的台灯。

冬天在楼上吃饭，鲁迅先生自己拉着电线，把台灯的机关从棚顶的灯头上拔下，而后装上灯泡子。等饭吃过，许先生再把电线装起来，鲁迅先生的台灯就是这样做成的，拖着一根长长的电线在棚顶上。

鲁迅先生的文章，多半是在这台灯下写。因为鲁迅先生的工作时间，多半是下半夜一两点起，天将明了休息。

卧室就是如此，墙上挂着海婴公子一个月婴孩的油画像。

其他的地方

挨着卧室的后楼里边，完全是书了，不十分整齐，报纸、杂志或洋装的书，都混在这间屋子里，一走进去多少还有些纸张气味。地板被书遮盖得太小了，几乎没有了，大网篮也堆在书中。墙上拉着一条绳子或者是铁丝，就在那上边系了小提盒、铁丝笼之类。风干荸荠就盛在铁丝笼，扯着的那铁丝弯弯的，几乎被压断了。一推开藏书室的窗子，窗子外边还挂着一筐风干荸荠。

“吃吧，多得很，风干的，格外甜。”许先生说。

楼下厨房传来了煎菜的锅铲的响声，并且两个年老的娘姨慢吞吞地在讲一些什么。

厨房是家庭最热闹的一部分。整个三层楼都是静静的，喊娘姨的声音没有，在楼梯上跑来跑去的声音没有。鲁迅先生家里五六间房子只住着五个人，三位是先生的全家，余下的二位是年老的女佣人。

来了客人都是许先生亲自倒茶，即或是麻烦到娘姨时，也是许先生下楼去吩咐，绝没有站到楼梯口就大声呼唤的时候。所以整个房子都在静悄悄之中。

只有厨房比较热闹了一点，自来水哗哗地流着，洋瓷盆在水门汀的水池子上每拖一下，磨着嚓嚓地响，洗米的声音也是嚓嚓的。鲁迅先生很喜欢吃竹笋的，在菜板上切着笋片笋丝时，刀刃每划下去都是很响的。其实比起别人家的厨房来却冷清极了，所以洗米声和切笋声都分开来，听得样样清清晰晰。

客厅的一边摆着并排的两个书架，书架是带玻璃橱的，里边有陀思妥耶夫斯基的全集和别的外国作家的全集，大半都是日文译本。地板上没有地毯，但擦得非常干净。

海婴公子的玩具橱也站在客厅里，里边是些毛猴子、橡皮人、火车汽车之类，里边装的满满的，别人是数不清的，只有海婴自己伸手到里边找些什么就有什么。过新年时在街上买的兔子灯，纸毛上已经落了灰尘了，仍摆在玩具橱顶上。

客厅只有一个灯头，大概五十烛光。客厅的后门对着上楼的楼梯，前门一打开有一个一方丈大小的花园。花园里没有什么花看，只有一株七八尺高的小树，大概那树是柳桃，一到了春天，喜欢生长蚜虫，忙得许先生拿着喷蚊虫的机器，一边陪着谈话，一边喷着杀虫药水。沿着墙根，种了一排玉米，许先生说："这玉米长不大的，这土是没有养料的，海婴一定要种。"

春天，海婴在花园里掘着泥沙，培植着各种玩意。

三楼则特别静了，向着太阳开着两扇玻璃门，门外有一个水门汀的突出的小廊子，春天很温暖地抚摸着门口长垂着的帘子，有时帘子被风打得很高，飘扬得饱满得和大鱼泡似的。那时候隔院的绿树照进玻璃门扇里边来了。

海婴坐在地板上装作小工程师在修着一座楼房，他那楼房是用椅子横倒了架起来修的，而后遮起一张被单来算作屋瓦，全个房子在他自己拍着手的赞誉声中完成了。

这间屋感到些空旷和寂寞，既不像女工住的屋子，又不像儿童室。海婴的眠床靠着屋子的一边放着，那大圆顶帐子日里也不打起来，长拖拖的好像从棚顶一直拖到地板上，那床是非常讲究的，属于刻花的木器一类的。许先生讲过，租这房子时，从前一个房客转留下来的。海婴和他的保姆，就睡在五六尺宽的大床上。

冬天烧过的火炉，三月里还冷冰冰地在地板上站着。

海婴不大在三楼上玩的，除了到学校去，就是在院里踏脚踏车，他非常欢喜跑跳，所以厨房、客厅、二楼，他是无处不跑的。

三楼整天在高处空着，三楼的后楼住着另一个老女工，一天很少上楼来，所以楼梯擦过之后，一天到晚干净得溜明。

先生病了

一九三六年三月里鲁迅先生病了，靠在二楼的躺椅上，心脏跳动得比平日厉害，脸色微灰了一点。

许先生正相反的，脸色是红的，眼睛显得大了，讲话的声音是平静的，态度并没有比平日慌张。在楼下一走进客厅来许先生就告诉说：

“周先生病了，气喘……喘得厉害，在楼上靠在躺椅上。”

鲁迅先生呼喘的声音，不用走到他的旁边，一进了卧室就听得到的。鼻子和胡须在扇着，胸部一起一落。眼睛闭着，差不多永久不离开手的纸烟，也放弃了。藤椅后边靠着枕头，鲁迅先生的头有些向后，两只手空闲地垂着。眉头仍和平日一样没有聚皱，脸上是平静的，舒展的，似乎并没有任何痛苦加在身上。

“来了吧？”鲁迅先生睁一睁眼睛，“不小心，着了凉，呼吸困难……到藏书的房子去翻一翻书……那房子因为没有人住，特别凉……回来就……”

许先生看周先生说话吃力，赶紧接着说周先生是怎样气喘的。

医生看过了，吃了药，但喘并未停。下午医生又来过，刚刚走。

卧室在黄昏里边一点一点地暗下去，外边起了一点小风，隔院的树被风摇着发响。别人家的窗子有的被风打着发出自动关开的响声，家家的流水道都是哗啦哗啦地响着水声，一定是晚餐之后洗着杯盘的剩水。晚餐后该散步的散步去了，该会朋友的会友去了，弄堂里来去地、稀疏不断地走着人，而娘姨们还没有解掉围裙呢，就倚着后门彼此搭讪起来。小孩子们三五一伙前门后门地跑着，弄堂外汽车穿来穿去。

鲁迅先生坐在躺椅上，沉静地、不动地阖着眼睛，略微灰了的脸色被炉里的火染红了一点。纸烟听子蹲在书桌上，盖着盖子，茶杯也蹲在桌子上。

许先生轻轻地在楼梯上走着，许先生一到楼下去，二楼就只剩了鲁迅先生一个人坐在椅子上，呼喘把鲁迅先生的胸部有规律性地抬得高高的。

“鲁迅先生必得休息的。”须藤医生这样说的。可是鲁迅先生从此不但没有休息，并且脑子里所想的更多了，要做的事情都像非立刻就做不可，校《海上述林》的校样，印珂勒惠支的画，翻译《死魂灵》下部，刚好了，这些就都一起开始了，还计算着出三十年集（即《鲁迅全集》）。

鲁迅先生感到自己的身体不好，就更没有时间注意身体，所以要多做，赶快做。当时大家不解其中的意思，都对鲁迅先生不加休息不以为然，后来读了鲁迅先生《死》的那篇文章才了然了。

鲁迅先生知道自己的健康不成了，工作的时间没有几年了，死了是不要紧的，只要留给人类更多，鲁迅先生就是这样。

不久书桌上德文字典和日文字典都摆起来了，果戈里的《死魂灵》，又开始翻译了。

鲁迅先生的身体不大好，容易伤风，伤风之后，照常要陪客人、回信、校稿子。所以伤风之后总要拖下去一个月或半个月的。

瞿秋白的《海上述林》校样，一九三五年冬，一九三六年的春天，鲁迅先生不断地校着，几十万字的校样，要看三遍，而印刷所送校样来总是十页八页的，并不是统统一道地送来，所以鲁迅先生不断地被这校样催索着，鲁迅先生竟说：

“看吧，一边陪着你们谈话，一边看校样，眼睛可以看，耳朵可以听……”

有时客人来了，一边说着笑话，鲁迅先生一边放下了笔。

有的时候也说：“几个字了……请坐一坐……”

许先生

鲁迅先生睡在二楼的床上已经一个多月了，气喘虽然停止，但每天发热，尤其是在下午热度总在三十八度三十九度之间，有时也到三十九度多。那时鲁迅先生的脸是微红的，目力是疲弱的，不吃东西，不大多睡，没有一些呻吟，似乎全身都没有什么痛楚的地方。躺在床上的时候张开眼睛看着，有的时候似睡非睡地安静地躺着，茶吃得很少。原来差不多一刻也不停地吸烟，而今几乎完全放弃了，纸烟听子不放在床边，而仍很远地蹲在书桌上，若想吸一支，是请许先生付给的。

许先生从鲁迅先生病起，更过度地忙了。按着时间给鲁迅先生吃药，按着时间给鲁迅先生试温度表，试过了之后还要把一张医生发给的表格填好。那表格是一张硬纸，上面画了无数根线，许先生就在这张纸上拿着米度尺画着度数，那表画得和尖尖的小山丘似的，又像尖尖的水晶石，高的、低的一排连地站着。许先生虽每天画，但那像是一条接连不断的线，不过从低处到高处，从高处到低处，这高峰越高越不好，也就是鲁迅先生的热度越高了。

来看鲁迅先生的人，多半都不到楼上来了，为的请鲁迅先生好好地静养，所以把客人这些事也推到许先生身上来了。还有书、报、信，都要许先生看过，必要的就告诉鲁迅先生，不十分必要的，就先把它放一放，等鲁迅先生好些了再取出来交给他。然而这家庭里边还有许多琐事，比方年老的娘姨病了，要请两天假；海婴的牙齿脱掉一个，要到牙医那里去看过，但是带他去的人没有，又得许先生。海婴在幼稚园里读书，又是买铅笔，买皮球，还有临时出些个花头，跑上楼来了，说要吃什么花生糖，什么牛奶糖，他上楼来是一边跑着一边喊着，许先生连忙拉住了他，拉他下了楼才跟他讲：

“爸爸病啦。”

而后拿出钱来，嘱咐好了娘姨，只买几块糖而不准让他格外地多买。

收电灯费的来了，在楼下一打门，许先生就得赶快往楼下跑，怕的是再多打几下，就要惊醒了鲁迅先生。

海婴最喜欢听讲故事，这也是无限的麻烦，许先生除了陪海婴讲故事之外，还要在长桌上偷一点工夫来看鲁迅先生为有病耽搁下来尚未校完的校样。

在这期间，许先生比鲁迅先生更要担当一切了。

鲁迅先生吃饭，是在楼上单开一桌，那仅仅是一个方木桌，许先生每餐亲手端到楼上去，每样都用小吃碟盛着，那小吃碟直径不过二寸，一碟豌豆苗或菠菜或苋菜，把黄花鱼或者鸡之类也放在小碟里端上楼去。若是鸡，那鸡也是全鸡身上最好的一块地方拣下来的肉；若是鱼，也是鱼身上最好一部分，许先生才把它拣下放在小碟里。

许先生用筷子来回地翻着楼下的饭桌上菜碗里的东西，菜拣嫩的，不要茎，只要叶，鱼肉之类，拣烧得软的，没有骨头没有刺的。

心里存着无限的期望，无限的要求，用了比祈祷更虔诚的目光，许先生看着她自己手里选得精精致致的菜盘子，而后脚板触了楼梯上了楼。

希望鲁迅先生多吃一口，多动一动筷，多喝一口鸡汤。鸡汤和牛奶是医生所嘱的，一定要多吃一些的。

把饭送上去，有时许先生陪在旁边，有时走下楼来又做些别的事，半个钟头之后，到楼上去取这盘子。这盘子装得满满的，有时竟照原样一动也没有动又端下来了，这时候许先生的眉头微微地皱了一点。旁边若有什么朋友，许先生就说：

“周先生的热度高，什么也吃不落，连茶也不愿意吃，人很苦，人很吃力。”

有一天许先生用波浪式的专门切面包的刀切着面包，是在客厅后边方桌上切的，许先生一边切着一边对我说：“劝周先生多吃东西，周先生说，人好了再保养，现在勉强吃也是没有用的。”

许先生接着似乎问着我：

“这也是对的？”

而后把牛奶面包送上楼去了。一碗烧好的鸡汤，从方盘里许先生把它端出来了，就摆在客厅后的方桌上。许先生上楼去了，那碗热的鸡汤在方桌上自己悠然地冒着热气。

许先生由楼上回来还说呢：

“周先生平常就不喜欢吃汤之类，在病里，更勉强不下了。”

许先生似乎安慰着自己似的。

“周先生人强，喜欢吃硬的、油炸的，就是吃饭也喜欢吃硬饭……”

许先生楼上楼下地跑，呼吸有些不平静，坐在她旁边，似乎可以听到她心脏的跳动。

鲁迅先生开始独桌吃饭以后，客人多半不上楼来了，经许先生婉言把鲁迅先生健康的经过报告了之后就走了。

鲁迅先生在楼上一天一天地睡下去，睡了许多日子，都寂寞了，有时大概热度低了点，就问许先生：

“什么人来过吗？”

看鲁迅先生好些，就一一地报告过。

有时也问道：“有什么刊物来吗？”

先生的病情

鲁迅先生病了一个多月了。

证明了鲁迅先生是肺病，并且是肋膜炎，须藤老医生每天来了，为鲁迅先生把肋膜积水用打针的方法抽净，共抽过两三次。

这样的病，为什么鲁迅先生一点也不晓得呢？许先生说，周先生有时觉得肋痛了就自己忍着不说，所以连许先生也不知道，鲁迅先生怕别人晓得了又要不放心，又要看医生，医生一定又要说休息。鲁迅先生自己知道做不到的。

福民医院美国医生的检查，说鲁迅先生肺病已经二十年了。这次发了怕是很严重。

医生规定个日子，请鲁迅先生到福民医院去详细检查，要照 X 光的。

但鲁迅先生当时就下楼是下不得的，又过了许多天，鲁迅先生到福民医院去检查病去了。照 X 光后给鲁迅先生照了一个全部的肺部的照片。

这照片取来的那天许先生在楼下给大家看了，右肺的上尖是黑的，中部也黑了一块，左肺的下半部都不大好，而沿着左肺的边边黑了一大圈。

这之后，鲁迅先生的热度仍高，若再这样热度不退，就很难抵抗了。

那查病的美国医生，只查病，而不给药吃，他相信药是没有用的。

须藤老医生，鲁迅先生早就认识，所以每天来，他给鲁迅先生吃了些退热药，还吃停止肺病菌活动的药。他说若肺不再坏下去，就停止在这里，热自然就退了，人是不危险的。

在楼下的客厅里，许先生哭了。许先生手里拿着一团毛线，那是海婴的毛线衣拆了洗过之后又团起来的。

鲁迅先生在无欲望状态中，什么也不吃，什么也不想，睡觉似睡非睡的。

天气热起来了，客厅的门窗都打开着，阳光跳跃在门外的花园里。麻雀来了，停在夹竹桃上叫了三两声就飞去，院子里的小孩们唧唧喳喳地玩耍着，风吹进来好像带着热气，扑到人的身上，天气刚刚发芽的春天，变为夏天了。

楼上老医生和鲁迅先生谈话的声音隐约可以听到。

楼下又来客人，来的人总要问：

“周先生好一点儿吗？”

许先生照常说：

“还是那样子。”

但今天说了眼泪又流了满脸。一边拿起杯子来给客人倒茶，一边用左手拿着手帕按着鼻子。

客人问：

“周先生又不大好吗？”

许先生说：

“没有的，是我心窄。”

过了一会鲁迅先生要找什么东西，喊许先生上楼去，许先生连忙擦着眼睛，想说她不上楼的，但左右看了一看，没有人能代替了她，于是带着她那团还没有缠完的毛线球上楼去了。

楼上坐着老医生，还有两位探望鲁迅先生的客人。许先生一看了他们，就自己低了头不好意思地笑了，她不敢到鲁迅先生的面前去，背转着身问鲁迅先生要什么，而后又是慌忙地把线缕挂在手上缠了起来。

一直到送老医生下楼，许先生都是把背向着鲁迅先生而站着的。

每次老医生走，许先生都是替老医生提着皮提包，送到前门外的。许先生愉快地、沉静地带着笑容打开铁门闩，很恭敬地把皮包交给老医生，眼看着老医生走了才进来关了门。

这老医生出入在鲁迅先生的家里，连老娘姨对他都是尊敬的，医生从楼上下来时，娘姨若在楼梯的半道，赶快下来躲开，站到楼梯的旁边。有一天老娘姨端着一个杯子上楼，楼上医生和许先生一道下来了，那老娘姨躲闪不灵，急得把杯里的茶都颠出来了。等医生走过去，已经走出了前门，老娘姨还在那里呆呆地望着。

“周先生好了点吧？”

有一天许先生不在家，我问着老娘姨。她说：

“谁晓得，医生天天看过了，不声不响地就走了。”

可见老娘姨对医生每天是怀着期望的眼光看着他的。

许先生很镇静，没有紊乱的神色，虽然说那天当着人哭过一次，但该做什么，仍是做什么，毛线该洗的已经洗了，晒的已经晒起，晒干了的随手就把它团起团子。

“海婴的毛线衣，每年拆一次，洗过之后再重打起，人一年一年地长，衣裳一年穿过，一年就小了。”

在楼下陪着熟的客人，一边谈着，一边开始手里动着竹针。

这种事情许先生是偷空就做的，夏天就开始预备着冬天的，冬天就做夏天的。

许先生自己常常说：

“我是无事忙。”

这话很客气，但忙是真的，每一餐饭，都好像没有安静地吃过。海婴一会儿要这个，要那个；若一有客人，上街临时买菜，下厨房煎炒还不说，就是摆到桌子上来，还要从菜碗里为客人选好夹过去。饭后又是吃水果，若吃苹果还要把皮削掉，若吃荸荠看客人削得慢而不好，也要削了送给客人吃，那时鲁迅先生还没有生病。

许先生除了打毛线衣之外，还用机器缝衣裳，剪裁了许多件海婴的内衫裤在窗下缝。

因此许先生对自己忽略了，每天上下楼跑着，所穿的衣裳都是旧的，次数洗得太多，纽扣都洗脱了，也磨破了，都是几年前的旧衣裳，春天时许先生穿了一个紫红宁绸袍子，那料子是海婴在婴孩时候别人送给海婴做被子的礼物。做被子，许先生说很可惜，就拣起来做一件袍子。正说着，海婴来了，许先生使眼神，且不要提到，若提到海婴又要麻烦起来了，一要说是他的，他就要要。

许先生冬天穿一双大棉鞋，是她自己做的。一直到二三月早晚冷时还穿着。

有一次我和许先生在小花园里拍一张照片，许先生说她的纽扣掉了，还拉着我站在她前边遮着她。

许先生买东西也总是到便宜的店铺去买，再不然，到减价的地方去买。

处处俭省，把俭省下来的钱，都印了书和印了画。

现在许先生在窗下缝着衣裳，机器声格哒格哒的，震着玻璃门有些颤抖。

窗外的黄昏，窗内许先生低着的头，楼上鲁迅先生的咳嗽声，都搅混在一起了，重续着、埋藏着力量。在痛苦中，在悲哀中，一种对于生的强烈的愿望站得和强烈的火焰那样坚定。

许先生的手指把捉着在缝的那张布片，头有时随着机器的力量低沉了一两下。

许先生的面容是宁静的、庄严的、没有恐惧的，她坦荡地在使用着机器。

海 婴

海婴在玩着一大堆黄色的小药瓶，用一个纸盒子盛着，端起来楼上楼下地跑。向着阳光照是金色的，平放着是咖啡色的，他招集了小朋友来，他向他们展览，向他们夸耀，这种玩意只有他有而别人不能有。他说："这是爸爸打药针的药瓶，你们有吗？"

别人不能有，于是他拍着手骄傲地呼叫起来。

许先生一边招呼着他，不叫他喊，一边下楼来了。

“周先生好了些？”

见了许先生大家都是这样问的。

“还是那样子，”许先生说，随手抓起一个海婴的药瓶来：“这不是么，这许多瓶子，每天打针，药瓶也积了一大堆。”

许先生一拿起那药瓶，海婴上来就要过去，很宝贵地赶快把那小瓶摆到纸盒里。

在长桌上摆着许先生自己亲手做的蒙着茶壶的棉罩子，从那蓝缎子的花罩下拿着茶壶倒着茶。

楼上楼下都是静的了，只有海婴和小朋友们的快活的吵嚷躲在太阳里跳荡。

海婴每晚临睡时，必向爸爸妈妈说：“明朝会！”

有一天他站在上三楼去的楼梯口上喊着：“爸爸，明朝会！”

鲁迅先生那时正病得沉重，喉咙里边似乎有痰，那回答的声音很小，海婴没有听到，于是他又喊：“爸爸，明朝会！”他等一等，听不到回答的声音，他就大声地、连串地喊起来：“爸爸，明朝会，爸爸，明朝会……爸爸，明朝会……”

他的保姆在前边往楼上拖他，说是爸爸睡下了，不要喊了。可是他怎么能够听呢，仍旧喊。

这时鲁迅先生说“明朝会”，还没有说出来喉咙里边就像有东西在那里堵塞着，声音无论如何放不大。到后来，鲁迅先生挣扎着把头抬起来，才很大声地说出：“明朝会，明朝会。”

说完了就咳嗽起来。

许先生被惊动得从楼下跑来了，不住地训斥着海婴。

海婴一边哭着一边上楼去了，嘴里唠叨着：“爸爸是个聋人哪！”

鲁迅先生没有听到海婴的话，还在那里咳嗽着。

病要好起来了

鲁迅先生在四月里，曾经好了一点，有一天下楼去赴一个约会，把衣裳穿得整整齐齐，手下夹着黑花布包袱，戴起帽子来，出门就走。

许先生在楼下正陪客人，看鲁迅先生下来了，赶快说："走不得吧，还是坐车子去吧。"

鲁迅先生说："不要紧，走得动的。"

许先生再加以劝说，又去拿零钱给鲁迅先生带着。

鲁迅先生说不要不要，坚决地走了。

“鲁迅先生的脾气很刚强。”

许先生无可奈何地，只说了这一句。

鲁迅先生晚上回来，热度增高了。

鲁迅先生说：“坐车子实在麻烦，没有几步路，一走就到。还有，好久不出去，愿意走走……动一动就出毛病……还是动不得……”

病压服着鲁迅先生又躺下了。

七月里，鲁迅先生又好些。

药每天吃，记温度的表格照例每天好几次在那里画，老医生还是照常地来，说鲁迅先生就要好起来了。说肺部的菌已经停止了一大半，肋膜也好了。

客人来差不多都要到楼上来拜望拜望。鲁迅先生带着久病初愈的心情，又谈起话来，披了一张毛巾子坐在躺椅上，纸烟又拿在手里了，又谈翻译，又谈某刊物。

一个月没有上楼去，忽然上楼还有些心不安，我一进卧室的门，觉得站也没地方站，坐也不知坐在哪里。

许先生让我吃茶，我就依着桌子边站着，好像没有看见那茶杯似的。

鲁迅先生大概看出我的不安来了，便说："人瘦了，这样瘦是不成的，要多吃点。"

鲁迅先生又在说玩笑话了。

"多吃就胖了，那么周先生为什么不多吃点？"

鲁迅先生听了这话就笑了，笑声是明朗的。

从七月以后鲁迅先生一天天地好起来了，牛奶、鸡汤之类，为了医生所嘱也隔三差五地吃着，人虽是瘦了，但精神是好的。

鲁迅先生说自己体质的本质是好的，若差一点的，就让病打倒了。

这一次鲁迅先生保持了很长时间，没有下楼更没有到外边去过。

在病中，鲁迅先生不看报，不看书，只是安静地躺着。但有一张小画，是鲁迅先生放在床边上不断看着的。

那张画，鲁迅先生未生病时，和许多画一道拿给大家看过的，小得和纸烟包里抽出来的那画片差不多。那上边画着一个穿大长裙子、飞散着头发的女人在大风里边跑，在她旁边的地面上还有小小的红玫瑰的花朵。

记得是一张苏联某画家着色的木刻。

鲁迅先生有很多画，为什么只选了这张放在枕边。

许先生告诉我的，她也不知道鲁迅先生为什么常常看这小画。

有人来问他这样那样的，他说："你们自己学着做，若没有我呢！"

这一次鲁迅先生好了。

还有一样不同的，觉得做事要多做……

鲁迅先生以为自己好了，别人也以为鲁迅先生好了。

准备冬天要庆祝鲁迅先生工作三十年。

先生休息了

又过了三个月。

一九三六年十月十七日，鲁迅先生病又发了，又是气喘。

十七日，一夜未眠。

十八日，终日喘着。

十九日的下半夜，人衰弱到极点了。天将发白时，鲁迅先生就像他平日一样，工作完了，他休息了。

天将发白时，鲁迅先生就像他平日一样，
工作完了，他休息了。

其实一个人的死是必然的，但知道那道理是道理，情感上就总不行。我们刚来到上海的时候，另外不认识更多的一个人了。在冷清清的亭子间里读着他的信，只有他，安慰着两个飘泊的灵魂……（1936 年 10 月 29 日致萧军的信）

鲁迅先生记

鲁迅先生家里的花瓶，好像画上所见的西洋女子用以取水的瓶子，灰蓝色，有点儿从瓷釉而自然堆起的纹痕，瓶口的两边还有两个瓶耳，瓶里种的是几棵万年青。

我第一次看到这花的时候，我就问过："这叫什么名字？屋里不生火炉，也不冻死？"

第一次，走进鲁迅家里去，那是近黄昏的时节，而且是个冬天，所以那楼下室稍微有一点暗，同时鲁迅先生的纸烟，当它离开嘴边而停在桌角的地方，那烟纹的疮痕一直升腾到他有一些白丝的发梢那么高，而且再升腾就看不见了。

“这花，叫‘万年青’，永久这样！”他在花瓶旁边的烟灰盒中，抖掉了纸烟上的灰烬，那红的烟火，就越红了，好像一朵小红花似的，和他的袖口相距离着。

“这花不怕冻？”以后，我又问过，记不得是在什么时候了。

许先生说：“不怕的，最耐久！”而且她还拿着瓶口给我抓着。

我还看到了那花瓶的底边是一些圆石子，以后，因为熟识了的缘故，我就自己动手看过一两次，又加上这花瓶是常常摆在客厅的黑色长桌上；又加上自己是来自寒带的北方，对于这在四季里都不凋零的植物，总带着一点儿惊奇。

而现在这“万年青”依旧活着，每次到许先生家去，看到那花，有时仍站在那黑色的长桌子上，有时站在鲁迅先生照相的前面。

花瓶是换了，用一个玻璃瓶装着，看得到淡黄色的须根，站在瓶底。

有时候许先生一面和我们谈论着，一面检查着房中所有的花草。看一看叶子是不是黄了，该剪掉的剪掉，该洒水的洒水，因为不停地动作是她的习惯。有时候就检查着这“万年青”，有时候就谈鲁迅先生，就在他的照相前面谈着，但那感觉，却像谈着古人那么悠远了。

至于那花瓶呢？站在墓地的青草上面去了，而且瓶底已经丢失，虽然丢失了，也就让它空空地站在墓边。我所看到的是从春天一直站到秋天，它一直站到邻旁墓头的石榴树开了花，而后结成了石榴。

从开炮以后，只有许先生绕道去过一次，别人就没有去过。当然那墓草是长得很高了，而且荒了，还说什么花瓶，恐怕鲁迅先生的瓷半身像，也要被荒草埋没到他的胸口了。

我们在这边，只能写纪念鲁迅先生的文章，而谁去努力剪齐墓上的荒草？我们是越去越远了，但无论多远，那荒草是总要记在心上的。

花开了，就像花睡醒了似的。
萧红
《祖父的园子》